生命因梦想而沸腾

毕淑敏 //////// 著

毕淑敏

朗读者

北京联合出版公司
Beijing United Publishing Co.,Ltd.

让我们昂起头，

对着我们

这颗美丽的星球上的无数生灵，

响亮地宣布——

我很重要。

目 录
Contents

我很重要

当我说出"我很重要"这句话的时候，颈项后面掠过一阵战栗。我知道这是把自己的额头裸露在弓箭之下了，心灵极容易被别人的批判洞伤。许多年来，没有人敢在光天化日之下表示自己"很重要"。我们从小受到的教育就是——"我不重要"。

作为一名普通士兵，与辉煌的胜利相比，我不重要。

作为一个单薄的个体，与浑厚的集体相比，我不重要。

作为一位奉献型的女性，与整个家庭相比，我不重要。

作为随处可见的人，与宝贵的物质相比，我们不重要。

我们——简明扼要地说，就是每一个单独的"我"——到底重要还是不重要？

我是由无数星辰日月、草木山川的精华汇聚而成的。只要计算一下我们一生吃进去多少谷物、饮下了多少清水，才凝聚成一具美轮美奂的躯体，我们一定会为那数字的庞大而惊讶。平日里，我们尚要珍惜一粒米、一叶菜，难道可以对亿万粒菽粟、亿万滴甘露濡养出的万物之灵，掉以丝毫的轻心吗？

当我在博物馆里看到北京猿人窄小的额和前凸的唇时，我为人类原始时期的粗糙而黯然。他们精心打制出的石器，用今天的目光来看不过是极简单的玩具。如今很幼小的孩童，就能熟练地操纵语言，我们才意识到已经在进化之路上前进了多远。我们的头颅就是一部历史，无数祖先进步的痕迹储存于脑海深处。我们是一株亿万年苍老树干上最新萌发的绿叶，不但属于自身，更属于土地。人类的精神之火，是连绵不断的链条，作为精致的一环，我们否认了自身的重要，就是推卸了一种神圣的承诺。

回溯我们诞生的过程，两组生命基因的嵌合，更是充满了人所不能把握的偶然性。我们每一个个体，都是机遇的产物。

常常遥想，如果是另一个男人和另一个女人，就绝不会有今天的我……

即使是这一个男人和这一个女人，如果换了一个时辰相爱，也不会有此刻的我……

即使是这一个男人和这一个女人在这一个时辰，由于一片小小落叶或是清脆鸟啼的打搅，依然可能不会有如此的我……

一种令人怅然以至于走入恐惧的想象，像雾霭一般不可避免地缓缓升起，模糊了我们的来路和去处，令人不得不断然打住思绪。

我们的生命，端坐于概率垒就的金字塔的顶端。面对大自然的鬼斧神工，我们还有权利和资格说我不重要吗？

对于我们的父母，我们永远是不可重复的孤本。无论他们有多少儿女，我们都是独特的一个。

假如我不存在了，他们就空留一份慈爱，在风中蛛丝般飘荡。

假如我生了病，他们的心就会皱缩成石块，无数次向上苍祈祷我的康复，甚至愿灾痛以十倍的烈度降临于他们自身，以换取我的平安。

我的每一滴成功，都如同经过放大镜，进入他们的瞳孔，摄入他们的心底。

假如我们先他们而去，他们的白发会从日出垂到日暮，他们的泪水会使太平洋为之涨潮。面对这无法承载的亲情，我们还敢说我不重要吗？

我们的记忆，同自己的伴侣紧密地缠绕在一处，像两种混淆于一碟的颜色，已无法分开。你原先是黄，我原先是蓝，我们共同的颜色是绿，绿得生机勃勃，绿得苍翠欲滴。失去了妻子的男人，胸口就缺少了生死攸关的肋骨，心房裸露着，随着每一阵轻风滴血。失去了丈夫的女人，就是齐崭崭折断的琴弦，每一根都在雨夜长久地自鸣……面对相濡以沫的同道，我们忍心说我不重要吗？

俯对我们的孩童，我们是至高至尊的唯一。我们是他们最初的宇宙，我们是深不可测的海洋。假如我们隐去，孩子就永失淳厚无双的血缘之爱，天倾东南，地陷西北，万劫不复。盘子破裂可以粘起，童年碎了，永不复原。伤口流血了，没有母亲的手为他包扎；面临抉择，没有父亲的智慧为他谋略……面对后代，我们有胆量说我不重要吗？

与朋友相处，多年的相知，使我们仅凭一个微蹙的眉尖、一次睫毛的抖动，就可以明了对方的心情。假如我不在了，就像计算机丢失了一份不曾复制的文件，他的记忆库里留下不可填补的黑洞。夜深人静时，手指在撤了几个电话键码后，骤然停住，那一串数字再也用不着默诵了。逢年过节时，她写下一沓沓的贺卡。轮到我的地址时，她闭上眼睛……许久之后，她将一张没有地址只有姓名的贺卡填好，在无人的风口将它焚化。

相交多年的密友，就如同沙漠中的古陶，摔碎一件就少一件，再也找不到一模一样的成品。面对这般友情，我们还好意思说我不重要吗？

我很重要。

我对于我的工作、我的事业，是不可或缺的主宰。我的独出心裁的创意，像鸽群一般在天空翱翔，只有我才捉得住它们的羽毛。我的设想像珍珠一般散落在海滩上，等待着我把它用金线串起。我的意志向前延伸，直到地平线消失的远方……没有人能替代我，就像我不能替代别人。我很重要。

我对自己小声说。我还不习惯嘹亮地宣布这一主张，我们在不重要中生活得太久了。我很重要。

我重复了一遍，声音放大了一点。我听到自己的心脏在这种呼唤中猛烈地跳动。我很重要。

我终于大声地对世界这样宣布。片刻之后，我听到山岳和江海传来回声。

是的，我很重要。我们每一个人都应该有勇气这样说。我们的地位可能很卑微，我们的身份可能很渺小，但这丝毫不意味着我们不重要。

重要并不是伟大的同义词，它是心灵对生命的允诺。

人们常常从成就事业的角度，断定我们是否重要。但我要说，只要我们在时刻努力着，为光明在奋斗着，我们就是无比重要地生活着。

让我们昂起头，对着我们这颗美丽的星球上的无数生灵，响亮地宣布——我很重要。

让我们昂起头，

对着我们

这颗美丽的星球上的无数生灵，

响亮地宣布——

我很重要。

我的五样

老师出了题目——写下"你生命中最宝贵的五样东西",我拿着笔,面对一张白纸,周围一下静寂无声。万物好似压缩成超市货架上的物品,平铺直叙摆在那里,等待你的手挑选。货筐是那样小而致密,世上的林林总总,只有五样可以塞入。

也许是当过医生的缘故,在片刻的斟酌之后,我本能地挥笔写下:空气、水、太阳……

这当然是不错的。你不可能设想在一个没有空气和水的星球上,滋长出如此斑斓多彩的生命。但我很快发现自己陷入了困境——如果继续按照医学的逻辑推下去,马上就该写下心脏和气管,它们对于生命之泵也是绝不可缺的零件。

结果呢，我的小筐子立马就装满了，五项指标支出一净。想想那答案的雏形将是：我生命中最宝贵的东西——空气、水、阳光、气管、心脏……哈！充满了严谨的科学意味，飘着药品的味道。

可这样写下去，毛病大啦。测验的功能，是辅导我们分辨出什么是自己生命中最重要的因子，以致当我们面临人生的选择和丧失时，会有比较地镇定从容，妥帖地排出轻重缓急。而我的答案，抽象粗放，大而化之，缺乏甄别和实用性。

于是我决定在水、空气、阳光三种生命要素之后，写下对我个人更为独特和生死攸关的症结。

第四样，我写下了——鲜花。

真有些不好意思啊。挂着露滴的鲜花，是那样娇弱纤巧，我似乎和庄严的题目开了一个玩笑。但我真是如此挚爱它们，觉得它们不可或缺。绚烂的有刺的鲜花，象征着生活的美好和短暂的艰难，我愿有一束美丽的玫瑰，陪伴我到天涯。

我偷觑了一眼同学们的答案，不禁有些惶然。

有的人写的是"父母"。我顿时感到自己的不孝,是啊,对于我的生命来说,父母难道不是极为宝贵的因素吗?且不说没有他们哪来的我,就是一想到他们可能先我而去,等待我们的是生离死别,永无相见,心就极快地冰冷成坨。

有的人写的是"孩子"。一看之下,我忐忑不安,甚至觉得自己负罪在身。那个幼小的生命,与我血脉相承,我怎能在关键的时刻,将他遗漏?

有的人写的是"爱人"。我便更惭愧了。说真的,在刚才的抉择过程中,几乎将他忘了。或许在潜意识里,认为在未曾识得他之前,我的生命就已经存在许久。我们也曾有约,无论谁先走,剩下的那人都要一如既往地好好活着。既然当初不是同月同日生,将来也难得同月同日死,彼此已商定不是生命的必需,排名在外,也有几分理由吧。

正不知将手中的孤球抛向何处,老师一句话救了我。她说,这生命中最宝贵的东西,不必从逻辑上推敲是否成立,只要是你赞成的事物即可。于是我想到电脑。电脑在此处,并不只是单纯的工具,当是一种象征,代表我挚爱的劳动和神圣的职责。很快联想到电脑所受制约较多,比如停电或是病毒入侵,都会让我无所依傍。唯有朴素的笔,虽原始简陋,却可朝夕相伴、风雨兼程。

于是在洁白的纸上,留下了我生命中最宝贵的五样东西——水、阳光、空气、鲜花和笔(未按笔画为序,排名不分先后)。

同学们嘻嘻笑着，彼此交换答案。一看之后，却都不作声了。我吃惊地发现，每个人留在纸上的物件，万千气象，绝不雷同，有的简直让人瞠目结舌。比如某男士的"足球"，某女士的"巧克力"，在我就大不以为然。但老师再三提示，不要以自己的观点去衡量他人，于是不露声色。

接下来，老师说，好吧，每个人在你写下的五样当中，画去相对不那么重要的一样，只剩下四样。

权衡之后，我在五样中的"鲜花"一栏旁边，打了个小小的"×"字，表示在无奈的选择当中，将最先放弃清丽绝伦的花朵。

老师走过来看到了，说，不能只是在一旁做个小记号，放弃就意味着彻底地割舍，你必须得用笔把它全部删除。

依法办了，将笔尖重重刺下。当鲜花被墨笔腰斩的那一刻，顿觉四周惨失颜色，犹如20世纪初叶的黑白默片。我拢拢头发、咬咬牙，对自己说，与剩下的四样相比，带有奢侈和浪漫情调的鲜花，在重要性上毕竟逊了一筹，舍就舍了吧。虽然花香不再，所幸生命大致完整。

请将剩下的四样当中，再画去一样，仅剩三样。老师的声音很平和，却带有一种不容商榷的断然压力。

Goodnight...

我面对自己的纸，犯了难。阳光、水、空气和笔……删掉哪一样是好？思忖片刻，我提笔把"水"画去了。从医学知识上讲，没有了空气，人只能苟延残喘几分钟，没有了水，若干小时尚可坚持。两害相权取其轻吧。

　　也许女人真是水做的骨肉，"水"一被勾销，立觉喉咙苦涩，舌头肿痛，心也随之焦枯成灰，人好似成了金字塔里风干的法老。

　　我已经约略猜到了老师的程序，便有隐隐的痛楚弥漫开来。不断丧失的恐惧，化作乌云大兵压境。痛苦的抉择似一条苦难巷道，弯弯曲曲伸向远方。

　　果然，老师说，继续画去一项，只剩两样。这时教室内变得很寂静，好似荒凉的墓冢。每个人都在冥思苦想、举棋不定。我已顾不得探察别人的答案，面对着自己人生的白纸，愁肠百结。

　　笔、阳光、空气……何去何从？闭起眼睛一跺脚，我把"空气"画去了。刹那间好像有一双阴冷的鹰爪，丝丝入扣地扼住我的咽喉，顿觉手指发麻、眼冒金星、心如擂鼓、屏气凝息……

　　我曾在海拔五千多米的冰山上攀缘绝壁，被缺氧的滋味吓破了胆。隔绝了空气，生命便飘然而逝，成为一种哲学意义上的讨论。

　　好了，现在再画去一样，只剩下最后一样。老师的音调很温和，但执着坚定充满决绝。对已是万般无奈之中的我们，此语不啻惊雷。

教室内已经有轻轻的哭泣声。人啊，面临丧失，多么软弱苦楚。即使只是一种模拟，已使人肝肠寸断。

笔和阳光。它们在纸上势不两立地注视着我，陷我于深深的两难之中。

留下阳光吧——心灵深处在反复呼唤。妩媚温暖、明亮洁净，天地一片光明。玫瑰花会重新开放，空气和水将濡养而出，百禽鸣唱，欢歌笑语。曾经失去的一切，都会在不知不觉中悄然归来。纵使除了阳光什么也没有，也可以在沙滩上直直地晒太阳啊。

想到这里，心的每一个犄角，都金光灿烂起来。只是，我在哪里？在干什么？我仰起头来问天。

我看到自己孤独的身影，在海边寂寞地拉长缩短，百无聊赖，看日出日落，听潮涨潮落。那生命的存在，于我还有怎样的意义？

自问至此，水落石出。我慢而稳定地拿起笔，将纸上的"太阳"画掉了。

偌大一张纸，在反复勾勒的斑驳墨迹中，只残存下来一个字——"笔"。

这种充满痛苦和抉择的测验，像一个逐渐缩窄的闸孔，将激越的水流凝聚成最后的能量，冲刷着我们纷繁的取向。当那通道变得一夫当关，万夫莫开之时，生命的重中之重，就简洁而挺拔地凸显了。

感谢这一过程，让我清晰地得知什么是我生命中的真爱——就是我手中的这支笔啊。它怦怦跳动着，击打着我的掌心，犹如我的另一颗心脏，推动我的四肢百骸。

我安静下来，突然发现周围此时也很安静。人们在清醒地选择之后，明白了自己意志的支点，便像婴儿一般，单纯而明朗了。

我细心收起自己的那张白纸，一如收起一张既定的船票。知道了航向和终点，剩下的就是帆起桨落战胜风暴的努力了。

知道了航向和终点，

剩下的就是

帆起桨落战胜

风暴的努力了。

我羡慕你

　　我是从哪一天开始老的？不知道。就像从夏到秋，人们只觉得天气一天一天凉了，却说不出秋天究竟是哪一天来到的。生命的"立秋"是从哪一个生日开始的？不知道。青年的年龄上限不断提高，我有时觉得那都是上了年纪的人玩出的花样，为掩饰自己的衰老，便总说别人年轻。

　　不管怎么样，我觉得自己老了。当别人问我年龄的时候，支支吾吾地反问一句："您看我有多大了？"佯装的镇定当中，希望别人说出的数字要较我实际年龄稍小一些。倘人家说得过小了，又暗暗怀疑那人是否在成心奚落。我开始越来越多地照镜子。小说中常说年轻的姑娘最爱照镜子，其实那是不正确的。年轻人不必照镜子，世人仰慕他们的目光就是镜子。真正开始细细端详自己容貌的是青春将逝的人们。

于是我把所有的精力放在孩子身上。记得一个秋天的早晨，刚下夜班的我，强打精神，带着儿子去公园。儿子在铺满鹅卵石的小路上走着。他踩着甬路旁镶着的花砖，一蹦一跳地向前跑，将我越甩越远。

"走中间的平路！"我大声地对他呼喊。"不！妈妈！我喜欢……"他头也不回地答道。

我蓦地站住了，这对话是那样熟悉。曾几何时，我也这样对自己的妈妈说过，我喜欢在不平坦的路上行走。这一切过去得多么快呀！从哪一天开始，我行动的步伐开始减慢，我越来越多地抱怨起路的不平了呢？

这是衰老确凿无疑的证据。岁月的长河不可逆转，我不会再年轻了。

"孩子，我羡慕你！"我吓了一跳。这是一句实实在在的声音，从我身后传来，她说得很缓慢，好像我的大脑变成一块电视屏幕，任何人都能读出上面的字迹。

我转过身。身后是一位老年妇女，周围再没有其他人。这么说，是她羡慕我。我仔细打量着她，头发花白，衣着普通。但她有一种气质，虽说身材瘦小，却有一种令人仰视的感觉。我疑虑地看着她。我不知道自己有什么值得人羡慕的地方——一个工厂里刚下夜班满脸疲惫之色的女人。

"是的。我羡慕你的年纪——你们的年纪。"她用手指轻轻点了点，将远处我儿子越来越小的身影也括了进去，"我愿意用我所获得过的一切，来换你现在的年纪。"

我至今不知道她是谁，不知道她曾经获得过的那一切，都是些什么。但我感谢她让我看到了自己拥有的财富。我们常常过多地把眼睛注视着别人，而自己则在不知不觉中失落着最宝贵的东西。

人的生命是一根链条，永远有比你年轻的孩子和比你年迈的老人。我们每个人都有自己的位置，它是一宗谁也掠夺不去的财宝。不要计较何时年轻、何时年老。只要我们生存一天，青春的财富就闪闪发光。能够遮蔽它的光芒的暗夜只有一种，那就是你自以为已经衰老。

年轻的朋友们，不要去羡慕别人。要记住人们在羡慕我们！

我们常常过多地把眼睛注视着别人，而自己则在不知不觉中失落着最宝贵的东西。

生命的借记卡

我们每个人出生的时候，并非两手空空，而是捏了一张生命的借记卡。

阳世通行的银行卡分有钻石卡、白金卡等细则，生命的卡则一律平等，并不因为出身的高下和财富的多寡就对持卡人厚此薄彼。这张卡是风做的，是空气做的，透明、无形，却又无时无刻不在拂动着我们的羽毛。

在你的亲人还没有为你写下名字的时候，这张卡就已经毫不迟延地启动了业务。卡上存进了我们生命的总长度，它被分解成一分钟一分钟的时间，树木倾斜的阴影就是它轻轻的脚印了。

密码虽然在你的手里，但储藏在生命借记卡的这个数字，你虽是主人，却无从知道。这是一个永恒的秘密，不到借记卡归零的时候，你都在混沌中。也许，它很短暂呢，幸好我不知你不知，咱们才能无忧无虑地生活着，懵然向前，支出着我们的时间，不知道会在哪一个早上那卡突然就不翼而飞，生命戛然停止。

很多银行卡是可以透支的，甚至把透支当成一种福祉和诱饵，引领着我们超前消费，然而它也温柔地收取了不菲的利息。生命银行冷峻而傲慢，它可不搞这些花样，制度森严，铁面无私。你存在账面上的数字，只会一天天一刻刻义无反顾地减少，而绝不会增多。也许将来随着医学的进步，能把两张卡拼成一张卡，但现阶段绝无可能。

也许有人会说，现在发布的生命预期表，人的寿命已经到了七八十岁的高龄，想起来，很是令人神往呢。如果把这些年头折算成分分秒秒，一年365天，一天24小时，一小时3600秒……按照我们能活80年计算，卡上的时间共计是2522880000秒。

真是一个天文数字，一下子呼吸也畅快起来，腰杆子也挺起来，每个人出生的时候，都是时间的大富翁。不过，且慢。既然算账，就要考虑周全。借记卡有一个名为"缴费通"的业务，可以代缴代扣。生命也是有必要消费的。就在我们这一呼一吸之间，卡上的数字就要减掉若干秒了。首先，令人晦气的是——我们要把借记卡上大约1/3的数额支付给床板。床板是个哑巴，从来不会对你大叫大喊，可它索要最急，日日不息。

你当然可以欠着床板的账，它假装敦厚，不动声色。一年两年甚至十年八年，它不威逼你，是个温柔的黄世仁。它的阴险在长久的沉默之后渐渐显露，它不动声色、无声无息地报复你，让你面色干枯、发摇齿动、烦躁不安、歇斯底里……它会让你乖乖地把欠着它的钱加倍偿还，如果它不满意，还会把还账的你拒之门外。倘若你欠它的太多了，一怒之下，也许它会彻底撕毁你的借记卡，纷纷扬扬飘失一地，让杨白劳就此永远躺下。所以，两害相权取其轻吧，从长远计，你切不可以慢待了床板这个索债鬼，不管它多么笑容可掬，你每天都要按时还它时间。

你还要用大约 1/3 的时间来吃饭、排泄、运动、交通、打电话、接吻，到远方去旅游，听朋友讲过去的事情，当然也包括发脾气和生气，和上司吵架还有哭泣……当然你也可以将这些压缩到更少的时间，但你如果在这些方面太吝啬支出的话，你就变成了一架冰冷的机器，而不再是活生生的人。你的生命刨去了这样多的必须支出，你还剩下多少黄金时段？

唯有我们不知道生命的长短，生命才更凸显。也许，运动可以在我们的卡里增添一些跳动的数字？也许大病一场将剧烈减少我们的存款？不知道。那么，在不知道自己有多少银两的时候，精打细算就不但是本能，更是澄澈的智慧了。在不知道自己所要购买的愿景和器物有着怎样的高远和昂贵，就一掷千金毅然付出，那才是真正的猛士、视金钱如粪土了。

当我们最后驾鹤西去的时候，能带走的唯一物品，是我们空空如也的借记卡。当那个时候，我们回首查询借记卡上一项项的支出，能够莞尔一笑，觉得每一笔支出都事出有因不得不花，并将这笑容实实在在地保持到虚无缥缈间，也就是灵魂的勋章了。

其实，当你吐出最后的气息之时，你的借记卡就铿锵粉碎了。但是，且慢，也许在那之后，有人愿意收藏你的借记卡，犹如收藏一枚古钱。

唯有我们不知道生命的长短，生命才更凸显。

握紧你的右手

常常见女孩郑重地平伸着自己的双手，仿佛托举着一条透明的哈达。看手相的人便说：男左女右。女孩把左手背在身后，把右手手掌对准湛蓝的天。

常常想：世上可真有命运这种东西？它是物质还是精神？难道说我们的一生都早早地被一种符咒规定，谁都无力更改？我们的手难道真是激光唱盘，所有的祸福都像音符微缩其中？

当我沮丧的时候，当我彷徨的时候，当我孤独寂寞悲凉的时候，我曾格外地相信命运，相信命运的不公平。

当我快乐的时候，当我幸福的时候，当我成功优越欣喜的时候，我格外地相信自己，相信只有耕耘才有收成。

渐渐地，我终于发现命运是我怯懦时的盾牌，当我叫嚷命运不公最响的时候，正是我预备逃遁的前奏。命运像一只筐，我把对自己的姑息、原谅以及所有的延宕都一股脑儿地塞进去。然后蒙一块宿命的轻纱。我背着它慢慢地向前走，心中有一份心安理得的坦然。

有时候也诧异自己的手。手心叶脉般的纹路还是那样琐细，但这只手做过的事情，却已有了几番变迁。

在喜马拉雅山、冈底斯山、喀喇昆仑山三山交会的高原上我当过卫生员，在机器轰鸣、铜水飞溅的重工业厂区里我做过主治医师。今天，当我用我的笔杆写我对这个世界的想法时，我觉得是用我的手把我的心制成薄薄的切片，置于真和善的天平之上……

高原呼啸的风雪，卷走了我一生中最好的年华，并以浓重的阴影，倾泻于行程中的每一处驿站。

岁月送给我苦难，也随赠我清醒与冷静。我如今对命运的看法，恰恰与少年时相反。

当我快乐、当我幸福、当我成功、当我优越、当我欣喜的时候，当一切美好辉煌的时刻，我要提醒我自己——这是命运的光环笼罩了我。在这个环里，居住着机遇，居住着偶然性，居住着所有帮助过我的人。

而当我挫折和悲哀的时候，我便镇静地走出那个怨天尤人的我，像孙悟空的分身术一样，跳起来，站在云头上，注视着那个不幸的人，于是我清楚地看到了她的软弱、她的怯懦、她的虚荣以及她的愚昧……

年近不惑，我对命运已心平气和。

小时候是个女孩儿，大起来成为女人，总觉得做个女人要比男人难，大约以后成了老婆婆，也要比老爷爷累。

生活中就像没有无缘无故的爱一样，也没有无缘无故的幸运。对于女人，无端的幸运往往更像一场阴谋、一个陷阱的开始。我不相信命运，我只相信我的手。

因为它不属于冥冥之中任何未知的力量，而只属于我的心。我可以支配它，去干我想干的任何一件事情。我不相信手掌的纹路，但我相信手掌加上于指的力量。

蓝天下的女孩儿，在你纤细的右手里，有一粒金苹果的种子。所有的人都看不见它，唯有你清楚地知道它将你的手心炙得发疼。

那是你的梦想，你的期望！

女孩，握紧你的右手，千万别让它飞走！相信自己的手，相信它会在你的手里，长成一棵会唱歌的金苹果树。

岁月送给我苦难，
也随赠我清醒与冷静。
我如今对命运的看法，
恰恰与少年时相反。

到西藏去

    小小的年纪，告别了父母，到一个遥远而陌生的地方去，本应该是很伤心的。妈妈到火车站送我的时候，险些哭了。但我心中充满了快乐，到西部去，到高原去，真是一次空前的冒险啊！

    从北京坐上火车，一直向西向西。窗外的景色，由密集的村落演变成空旷的荒野。气候越来越干燥，人烟越来越稀少，绿色逐渐被荒凉的戈壁滩所代替。三天三夜之后，我们这群女孩子到达了新疆的乌鲁木齐。在这里要进行最后的体检，才能决定谁可以到海拔五千米以上的西藏去。

    我的身体一向很好，但这次医生说我的小便化验不正常，要是过几天复查还不合格的话，就要把我退回北京。

这不是"出师未捷身先死"吗？我的探险还没有开始，难道就要这么狼狈地打道回府啦？

我一定要想出一个办法！

我的目光停留在一个同我最要好的女孩子身上。

我悄悄地把她扯到一个僻静的地方，对着她的耳朵说，你说，我们是不是好朋友啊？

她说，当然是啦。你怎么想起问这个不成问题的问题？

我说，既然是好朋友，我向你借一样东西，你一定是借的啦？

她一扭头嚷起来，什么东西呀？咱们的东西都是统一发的，我有的，你都有啊！

我一把捂住她的嘴说，干吗这么大声？是不是太小气不想借给我？实话说吧，我跟你借的这样东西，对你是一点用处都没有的，但对我的好处就大了！

她说，那是什么宝贝呀？

我说，是尿啊！

我把我的打算告诉她，复查的时候把她的尿当成我的标本送上去。她刚开始吓了一跳，然后，很犹豫地说，这不是骗人吗？我说，要是我复查不合格，到不了西藏，被退回北京，我们俩就再也见不到面了，更甭提做朋友了。她想了想，答应了。

好不容易挨到了复查的那一天，没想到是通知我一个人单独到医院的检查科去。在卫生间里，我拈着盛标本的小瓶子，急得直掉泪。我真想到水龙头那儿，接一点自来水送上去，或者干脆把眼泪送上去化验，那就绝对没问题了。可是，我不敢。你想啊，化验员用的是显微镜，还不一下子就发现我的花招了？万般无奈之下，只好把自己的"标本"交上去了。

等待结果的日子，我和我的好朋友都充满了悲哀，以为我们必定会分手了。

不可思议的是，这一次的化验结果完全正常。

我终于和我的好朋友一道，踏上了遥远的奔赴西藏的道路。

我们告别了乌鲁木齐，在广阔的戈壁滩与高原上坐了整整十二天的汽车，到达了白雪皑皑的世界屋脊。我在那里待了十年。

后来，我把这一段有惊无险的遭遇和我的计谋，讲给一位老医生听，口气中充满了得意。没想到，他皱着眉说，幸好你本身的体检合格了。要知道，西藏高原缺氧，氧气只有海平面的一半。要是你的小便有问题，就说明你的肾脏有问题，要是你的肾脏真的有病，又用别人的标本蒙混过关，那是很危险的。

　　我承认他的话很对，但也仍旧很佩服当年那两个十几岁的少女，我们为了友谊和理想，真是很勇敢呢！而且不服气地想，西藏人的肾脏，就个个都是铁打的了？我在高原见过不少肾脏有病的人，活得也很快乐啊！

我们告别了乌鲁木齐，

在广阔的戈壁滩与高原上

坐了整整十二天的汽车，

到达了白雪皑皑的世界屋脊。

我在那里待了十年。

绿色皮诺曹

我从小就很想当兵，最主要的动机是喜欢绿色。小时候，每逢妈妈要给我买衣服，我就大叫，要绿的。妈妈生起气来，说，你也不看看自己，毛衣、毛裤、围巾、手套都是绿色，再套上一件绿外衣，活像一只青蛙！我低头一瞧，说，哪怕就是像只绿豆蝇，我也还要绿衣服。

当兵多好啊！从此，可以名正言顺地一年到头穿绿衣服，再也没人说你一句闲话。可那时候要当女兵也挺难的，想当的人太多了，僧多粥少。听说男兵和女兵的比例是千分之二点五，也就是说，征一千名男兵，才要两个半女兵，女兵简直像空气中的惰性气体。身体检查严格极了，差不多和当女飞行员同等标准。幸好我那时身高一百七十厘米，两眼裸视力二点零还有富余，心、肝、脾、肺、肾全像刚从工厂造出来一样合格，属于特等甲级身体，经过了一轮又一轮的淘汰，我终于过五关斩六将，拿到了入伍通知书。

我几乎不相信自己的好运气，连连问妈妈，您说，事情到了这个份儿上，还会有令人悲痛的变化吗？

妈妈说，不会吧。你就把通知书放在枕头底下，安心睡个好觉。

我说，没穿上绿军装之前，我可放心不下。

妈妈说，要变，你穿上军装还会让你脱下，担心也没有用。解放军应该是说话算话的。

发军装的时候，穿着五颜六色家常衣服的新兵，排成一队，依次从司务长面前走过。司务长像大商场的成衣售货员，眯起眼睛打量着走过的小伙子和小姑娘，大声地说，帽子二号……军装三号……蹲在一旁的上士，就像老鹰抓小鸡一样，手疾眼快地取出相应号码的衣物，把衬衣铺在最下面，其余所有东西都堆在上面，一时间好似平地起了一座绿色的小山，然后麻利地把衬衣的两条袖子抽出来，把它们打个结，怀抱里就塞满了崭新的衣物。领了军装的人，就快乐地抱着这个绿色的半截人，走进一间密闭的小屋。再走出来的时候，就是一个英姿勃勃的兵了。

好不容易轮到我的时候，司务长目测了一下，自言自语说，这个兵啊，长得不合尺寸。穿一号的小，穿特号的又大……

我赶紧说，您甭为难。我要特号的。

司务长说，咦？女孩子都愿意穿得比较秀气，你这个兵倒奇怪。发给你特号的军装，到时候裤腿踩到脚底下，窝窝囊囊，一不留神摔个大马趴，可别怪我。

我忙说，不怪不怪，绝不找你。我妈说过，衣服是会缩水的，当然是大点好了。裤腿长了可以裁，要是短了，就得自己找布接，多不合算！

司务长说，看不出来，你小小年纪，还挺会过日子的。好吧，依你，给特号。

我欢天喜地地去换军装，一试之下，特号军装果然名不虚传，上衣还凑合，裤子好像是给跳高运动员预备的，腿长无比。我把裤脚挽起来两折，自觉比较利索了，抱着旧衣服正准备从更衣小屋往外走，先换好军装的一个女孩端详着我说，你像个打鱼的。

我看了她一眼，屋里光线不好，看不清眉眼，只觉得军装好像是特地比量她的身材做的，妥帖极了。我愤愤地说，你的意思是我不像一个兵？

她轻轻笑笑，露出雪白的牙说，你还是像一个兵的，只不过是个邋遢兵。

她的口气很老练，虽然军装同我一样没钉领章，军龄倒好像已有一百年。我没好气儿地说，兵工厂的人太没有节约观念了，裤子做得这么大，使人穿上像皮诺曹。

她说，皮诺曹是谁？是咱们一块儿当女兵的吗？我叫小如，你叫什么？

我说，你就叫我小毕好了。咱们就甭理那个姓皮的家伙了，反正三言两语也说不清它的来历，还是讨论这条讨厌的裤子吧。我想把它剪掉一截，哪儿有剪刀？

小如说，剪了不好。一剪子下去倒是痛快，以后要是觉得短了，或者你再长个儿了，就没法补救了。不到万不得已，还是别干一锤子买卖的事。

我不耐烦了，说，你倒是想得蛮周到，可大道理以后慢慢说，现在要解决的问题是，我怎么走出这间房子？

小如笑起来，说，真是个急性子。一条裤子少说要穿一年，可你连这么几分钟时间都不愿等，活该你像那个姓皮的。

想起木偶皮诺曹的狼狈样，我只好安静下来，听小如的主意。

小如不说话，往外走。我说，你干吗去？

她说，我去找司务长借针线。

我忙拦住说，使不得。

小如说，为什么呢？

我苦着脸说，你不知道，我刚才跟司务长夸了口的，说军装大了和他没关系。现在你去求他，不是太丢我的面子吗！

小如说，你就放心好了。

我竖起耳朵听外面小如和司务长的对话。小如说话的声调带一点乡下口音，但是很甜，好像那种高高地长在地里的玉米秸，清凉而柔韧。她说，司务长，借我一根细细的针、一条长长的线，好吗？

硬邦邦的司务长好像被糖醋过了，声音变得软绵绵，说，针啊，有，只不过又粗又大，你就凑合着使吧，留神别扎了手。只是你要针、线干什么？

缝衣服啊。

缝什么衣服？司务长立刻警觉起来。

缝你发给我们的衣服啊。小如很机智地回答。

我发给你们的军装都是新的，哪里用得着缝？莫不是有什么破损的地方，你拿来，我给你换，然后再找被服厂的人理论。司务长很负责地说。

小如笑笑，说，没那么严重，我只不过是想把军装改一改。

司务长如临大敌，严肃起来，说，你是新兵，我是老兵，必要的规矩要告诉你。军装是不能任意改的，大家是个统一的整体。

小如不理这一套，说，军装太肥了，你总不能让我们一甩袖子，就像舞台上唱戏的青衣啊。

司务长嘿嘿笑着说，袖子改得太瘦了，打靶的时候弯不过肘子来，小心吃鸭蛋。

小如说，鸭蛋多了就腌起来呗，腌得蛋黄流红油，就着馒头吃，香死个人！

司务长说不过小如，就把针、线给了小如。小如进了屋，拿过我的军裤，开始飞针走线，一会儿就把裤腿改得熨熨帖帖。我穿上后，举手投足，再不拖泥带水。

我说，小如，谢谢你。

小如说，不必谢，我们乡下的女孩子，从小就要学会使针线，要不长大了，没人娶你做老婆。

我说，哎呀呀，像你这样的一手好活计，岂不是说媒的要挤破门！像我这样的，只好像个坏橘子一般，剩在筐里没人要了。

小如说，小声点，这种玩笑还是少开的好。你知道吗？当兵的时候是不准谈恋爱的。

我连忙闭了嘴，要晓得为穿上这套绿军装，我是多么费尽心机，哪能稀里糊涂地就叫人打发回家了。

等我们走出密闭的小屋时，司务长看了看我的裤子，叹了口气说，你是特号的身子一号的腿。

我听了怒火中烧，这意思不就是我身子长腿短吗？哪个女孩子爱听这种话！我狠狠地瞪了他一眼，可惜司务长正瞧着别的地方，对我的愤怒没反应。不管怎么说，从今天开始，我成为一个真正的兵了。

从今天开始，我成为一个真正的兵了。

白云剪裁的衣裳

　　河莲个儿矮，像个敦实的土丘。司务长低估了她的胖，给了一套正二号的军装。河莲勉强把自己装了进去，觉得憋得慌，大叫起来，说上衣的第二颗扣子压迫了心脏，喘不过气来。司务长只好给她去换负号军装。

　　军装的型号挺奇怪，号数越大的尺寸越小。比如正五号军装，中学生都能穿，但要是正一号，就得一米八以上的个头才撑得起来。当然，这讲的是标准身材，要是你长得比较圆滚，就得穿负号军装。负号的意思，是长度同正号一样，宽窄要肥出许多。女孩子一般都很忌讳负号。你想啊，军装为了行军打仗的方便，本来就宽宽大大，再一"负"，就更没款没型了。但河莲是个敢想敢说的女孩，她才不会为了别人的眼睛，让自己的心肺受委屈。

正号军装是大路货，后勤部门保证供应。负号属于稀少品种，司务长颇费了一番心思，恨不能跟后勤部门说河莲胖得像个孕妇，才算领来一套负二号的军装。

试穿之后，河莲大为满意。不仅她的心脏跳动正常，这套军装还有许多妙不可言的好处。一般军装都是军绿色，好像夏天的松树林，这种独特的颜色有一个雄赳赳的名字，叫作"国防绿"。河莲的负号却是安宁的黄绿色，好像秋风扫过的草原，温暖而朴素。普通的军装都是平纹布，河莲的军装却是"人字呢"的。虽说它不是真正的呢子，只是布的纹路互相交叉，好像一行行一排排细密的"人"字，故而得了这样一个考究的名字，但看起来要比平纹布挺括得多。最最重要的是，河莲的军装是四个兜的！

没有当过兵的人，不知道衣兜的重要性。它除了装东西之外，更是一个标志。战士服只在胸前有两个口袋，提升了干部，才能穿有四个口袋的上衣。口袋因此成了某种地位的象征。不过女兵喜欢四个兜的军装，倒不是势利的缘故。因为胸高，随身又总有些小零碎儿，比如手绢、钢笔什么的要经常带着，若军装下摆没有兜，只得都塞在胸前，鼓鼓囊囊，像藏了一窝鸽子，显得很不利落。

负号有这么多优越性，大家都去找司务长要求换军装。司务长火了，说没见过这么难缠的兵！婆婆妈妈的，谁要是不想干了，就向后转，回家去，爱穿什么穿什么！

话说到如此凶狠的份儿上，我们只好乖乖地穿正号军装。河莲独自乐了没几天，发现人字呢也有弊病。洗衣的时候，刚把军装泡在脸盆里，就有浑黄的汤沁出来。刚开始，河莲以为军装格外脏，就拼命搓，搓得两个手掌像胡萝卜一样。洗了几水之后，正号军装还像葱叶一般绿，河莲的负号军装已泛出菜心般的黄。

　　一天，果平大惊小怪地喊起来，河莲，要是敌机轰炸，第一个阵亡的肯定是你!

　　我们大吃一惊，不知果平为何发此恶毒咒语。

　　果平说，你们想啊，我们都有绿色伪装，只有河莲的军装像经了霜的野草，还不一下就被发现了?

　　河莲脑子快，立即反驳说，依我看，还不知谁第一个为国捐躯呢!没准儿正是你们这些国防绿。

　　所有穿正号军装的都不干了，定要河莲说个清楚。

　　河莲不慌不忙地说，要是春夏季节开仗，大地一片翠绿，自然你们的军装是最好的保护色。可要是秋天呢?丰收在望，落叶满地，到处都是金黄，肯定是我的军装伪装性更好。

大家你看看我、我看看你，不得不承认河莲的话有几分道理，只好自我解嘲道，反正我们也不是敌人的参谋长，谁知道仗哪会儿打？要是春夏开战，河莲你就留在后方做饭。要是秋天开战，河莲你就一个人打冲锋。

河莲也不理我们，只是更起劲儿地洗军装，盆子里倒进一大堆洗衣粉，激起的泡沫，好像有一百只大螃蟹愤怒地吞云吐雾。她还专拣大太阳当头的日子，在外面晒军装。这样，没用多长时间，负号军装不断褪色，最后简直变成白的了。

古代有句俗话叫：男要俏，一身皂；女要俏，一身孝。

关于"皂"到底是什么色，我们争论了好长时间，基本上统一了意见，认定是一种近乎月亮和蓝天混合在一起的颜色。关于"孝"，倒是没有什么争论的，就是医院里没有染上血的棉花颜色了。河莲在黎明的晨光里，背对着太阳走向我们的时候，白衣白裤，好像云彩剪裁做成的军装。

正号们充满嫉妒之心，果平甚至痛下决心，要在一年之内，把自己吃成一个大胖子，明年就可名正言顺地领人字呢负二号了。

看着果平像北京填鸭似的大吃特吃，小如提醒她，人字呢因为染料不过关，属淘汰产品，已经不生产了。河莲领的是库底子，谁知明年会怎样？若是你辛辛苦苦吃成相扑手模样，明年的负号已变成国防绿，你岂不白胖了一回？

果平这才放慢了胡吃海塞的速度。

我问河莲，你把军装洗得这样白，是否准备冬天打仗的时候，一个人趴在雪地上，狙击敌人？你不要闹个人英雄主义，要知道，冬天的伪装并不难办，只要每个人披上一条白床单，任你火眼金睛也发现不了埋伏。

河莲说，你以为我是孤胆英雄？你不穿这军装，不知它的毛病。特别不经脏，刚穿一两天，袖口就黑得像套了一圈猴皮筋，抹了机油似的，所以，我就老得洗。

练习匍匐前进，连长一个鱼跃，趴到草丛中，泥土四溅。女孩子虽然酷爱干净，但连长这般身先士卒，也就只好奋不顾身地扑过去，手脚并用，在粗糙的草叶上敏捷地爬行。草汁和着汗水涂抹在脸上，人好像流了绿色的血。

所有的人都趴下了，唯有河莲笔直地站在那里。

你为什么不卧倒？连长的好奇更大于震怒，在他当兵若干年的历史中，还从未看到过一个面对命令敢于不趴下的士兵。

我的军装颜色浅，趴在这样的泥土里，再也洗不干净了。河莲理直气壮。

是衣服重要还是胜利重要？如果在战场上，你不卧倒，衣服可能始终干净，但你的小命就没有啦！连长声色俱厉。

我是傻子吗？到了打仗的时候，我自然知道生命比衣服更重要。炮声一响，我就像邱少云一样趴在地上，纹丝不动。河莲才不吃他那一套，有板有眼地回答。我们都忍不住笑起来。

连长大怒，认为河莲没有战斗观念，目无上级，给了她一个队前警告。看得出，河莲非常不服，但是有什么办法呢？一个小兵，而且是个新兵，哪里有你说话的份儿！我们顿生兔死狐悲之心，希望自己快快地老起来，满脸皱纹，穿破十套军装，就有了倚老卖老的资格。比如我们的班长，都是通信部队来的老兵，她们可以自由自在地打闹和嗑瓜子，连长皱皱眉，一声也不敢吭。

由于不断地卧倒，草绿色军装很快变成灰黑，勤快的人隔两天洗一回，使它勉强保持着军装的本色。我是个懒虫，心想反正洗了也是脏，不洗也是脏，索性由它脏着好了。好在也不是我一个人不成嘴脸，大家基本上都是暗无天日。

天连长看到我，咧着嘴说，我从来没有看到过像你这么脏的女兵。

我说，这是节约啊。

连长很奇怪，说，脏军装比干净的军装更耐磨吗？我当了这么多年兵，从没听说过。

我说，每天都洗军装，要用掉多少洗衣粉和肥皂？多少时间？多少力气？搭在铁丝上，水珠会让铁丝生锈，日子久了，铁丝还可能会被压断……只要不洗军装，这些岂不都省了？

连长第一次听到这种逻辑，气得咻咻喘，可一时也没话好说。但他似乎怀恨在心，在紧接下来的射击训练中，故意不指导我和河莲。别人托着枪练习瞄准，连长会耐心地趴在旁边，从瞄准镜中观察他们的动作是否符合要领，矫正他们有毛病的动作。走到我和河莲身旁，他总是淡淡地说，你们俩还需要辅导啊？都是见过世面的老兵了，一个知道战斗英雄邱少云，一个是节约模范，到了靶场上，打个优秀是没说的了。

我和河莲苦着脸。多倒霉啊，刚当新兵，就和顶头上司结下冤仇。我使劲儿打了一下军装的下襟，好像它是一个有生命的小动物。所有的麻烦，都是军装惹出来的。当然啦，结果是除了军装冒出一股尘土以外，疼的还是我的手和肚子。

晚饭后，河莲和我坐在葡萄架下商量，连长这么恨我们，怎么办呢？要不然，我从此不洗军装，尽快把白军装穿成黑的，连长是不是就会笑口常开？河莲手托着腮帮，好像牙疼般地说。

我没好气儿地答，做梦吧！我的军装倒是黑的，可连长还不是耿耿于怀？关键是我们顶撞了他。俗话说，连长连长，半个皇上。咱们再怎么赔笑脸，也没法挽回影响啦。

河莲倔强地说，你猜，连长现在最希望我们干什么？

我把葡萄藤卷曲的须子含在嘴里嚼着，苦涩的清水像小水枪一样滋在舌头上，酸得人打寒战。我说，他最巴望着咱俩在射击场上吃鸭蛋吧。

河莲说，英雄所见略同。我们现在只有用行动证实自己是个好兵。要不，就会被人指着脊梁骨耻笑。

人们多以为爱可以给人以力量，其实，憋着一口气的劲头更是大得可怕。我和河莲从此抓紧一切时间练习瞄准，每天趴在地上，胳膊肘磨破了皮，脖子上永远淌着几条透明的蚯蚓。口中念念有词，把射击要领背得像父母的名字一样熟，看到任何物体，想的都是"三点成一线"的口诀。至于军装，再不去理它，脏得简直没法提，活似两个卖炭翁。

连长还是不理我们。好在射击要领也不是他的专利，班长和其他人也可以指导我们。再有什么不明白的，我和河莲就自己揣摩，争取自学成才。

实弹射击的时候到了。靶场上的气氛很森严，掩体里等待报靶的士兵戴着亮闪闪的钢盔，在远处神出鬼没。二百米开外的半身胸环靶，在阳光下好似幻影。我不由得紧张，手心像攥了两把糨糊，黏黏糊糊。我看看河莲，她倒一副胸有成竹的模样。我也定了心，心想到了这个关头，你腿肚子发软，只会把事情弄得更糟，索性豁出去拼了。

枪声响起来。我的第一感觉，是它绝没有想象中的响亮，只相当于一个中等二踢脚崩出的动静。对真枪实弹声音的失望，使我的心很快宁静下来。偷眼看看连长，他似乎比我们还要紧张，目光炯炯地注视着一个个进入射位的女兵。每逢射手扣扳机的时候，他颊上的肌肉就会跳动一下，令人猜到他是牙关紧咬。

我打了个"良好"。说不上很理想，但我已竭尽全力。河莲平时的眼神不怎么好，没想到九发子弹竟打出了八十六环的优秀成绩，特别是她前八发子弹，居然是发发命中十环，简直是个神枪手。唯一美中不足的是，最后一枪，不知是何差池，江郎才尽，只中了六环。

不管怎么说，河莲为自己大大地挣回了面子。当连长向她走来的时候，我们就直直地盯着连长，看他对这个自己不喜欢但创造出优异成绩的刺儿头兵，会有如何反应。

连长仿佛什么事也不曾发生过的样子，对河莲说，要是你最后一枪打得再从容些，就能得满环，也许我会为你报个功呢。可惜了。

河莲刚查完自己的靶纸，不服气地说，我这最后一枪，端端正正地打到了敌人的脑袋瓜上。我看这报靶的环数定得不科学。若打到右胸偏上的位置，按规定就是八环，可谁都知道，那地方离心脏远着呢，并不一定会置人于死地。我的这个六环，正中人的太阳穴，明摆着，一枪就能取了人性命。

我们一听，都觉得河莲说得有理，且看连长如何答对。

连长微微一笑说，河莲，没想到，你还有一套打不准的理论。可是我问你，瞄准的时候，你瞄的是敌人的脑袋还是敌人的胸脯？

河莲说，连长你这个问题难不倒我。瞄准的要领是准星、缺口和胸环靶的下沿正中呈一条直线，当然是胸脯了……

连长用一个坚决的手势，制止了河莲略带卖弄的背诵。他可不想听一个新兵，把自己烂熟于心的拿手好戏再演练一遍。好了，你既然瞄准的是敌人的胸脯，结果子弹却打到了头上，就算敌人躺倒了，也是瞎猫碰到了死耗子，没什么可吹的。很可能下次你瞄的是敌人的天灵盖，打到的却是脚指头。连长说。

大家笑起来。我真替河莲抱不平，但连长的话驳不倒。可怜河莲本是功高盖世的英豪，此刻倒成了大家的笑料。

实弹训练结束后，有两天的休整。我和河莲把自己的军装都洗了，天哪，水黑如墨，沉淀了半盆的泥沙。看见我泼水的人直嚷：快去叫老农！这样的肥水，可以浇两亩好地。

我们耐心地等着太阳把湿军装晒干。洁净的军装重新穿在身上的时候，令人有一种脱胎换骨的感觉。我们俩你看看我、我看看你，好像不认识似的。我的军装绿如橄榄，河莲的军装恢复了白云的颜色。

连长走过来说，现在这个样子嘛，我这个当连长的面子上也有光。不管怎么说，你俩是我带过的最邋遢、最不听话的新兵了。不过，幸好还不算太笨。

人们多以为爱可以给人以力量，

其实，

憋着一口气的劲头更是大得可怕。

灵魂飞翔的地方

　　高原上的卫生员没有正规的课堂，几乎像小木匠学徒一样，由老医生手把手地教。医学这门学问，不太适合自学。你没法在病人身上做试验，基本上不允许反复失败。你付出的是时间，就算辛苦点不在乎，但病人付出的是血和生命，没法一而再，再而三地让你演习。

　　为病人做臀部肌肉注射时，老医生总是叮嘱："小心啊，千万别把药打到坐骨神经上，万一打错了，病人就会一辈子下肢瘫痪！"

　　想想吧，多可怕！你随意挥洒，几秒钟的一个动作，就让一个人永远站不起来了，吓不吓人？但这根绞索似的坐骨神经究竟在什么地方，谁知道？你去问老医生，他会说，书上写着呢，自己看去吧！可你翻开书一看，那张人体解剖图上，蛛网似的血管神经，画了几十上百条，好像一张军用地图。坐骨神经只是细细一根，从肌肉中央穿过。臀部——活人身体里这个每天牢牢坐在凳子上的大部位，在书上缩成了乒乓球般的一个简图，埋伏在其中的纤弱神经，头发丝一般，无法想象它的真实模样。更不用说在解剖图谱的下方，还一本正经地注释着：神经走向可有变异，本书仅供参考。

简直让你没法相信它。

老医生还形容说，万一把针戳到坐骨神经上，你会有竹签子扎在粉条上的感觉，这时候悬崖勒马，虽说有损失，还来得及弥补。所以，每次打针的时候，都要高度警惕。

我们紧追着问，那粉条是粗的还是细的？绿豆粉还是红薯粉？竹签子是毛衣针那样的，还是穿糖葫芦那种竹棍？

老医生拉下脸来，说你们这帮女孩子怎么这么啰唆，不知道，不知道！医生的嘴、护士的腿，这种事问老护士去！

老护士的态度倒是不错，可惜只有他一个人碰到过类似的危险情况。他说，注射的时候，碰到病人像弹簧一般跳了起来，结果针头断在肉里面，幸好针只扎进去了一半，根部还像刺一样露在屁股外面。忙过来了几个人，把病人像犯人一样按住，赶快用止血钳揪着针尾，好歹把针拔了出来。他抚着胸口说，那一回，吓得我真魂出窍了。

我们很感兴趣地问，是扎在坐骨神经上了吗？

老护士说，谁知道？也许是扎在病人的脑神经上了，要不他怎么会大叫一声蹦起来？

我们锲而不舍地追问，有竹签子扎粉条的感觉吗？

老护士心有余悸地说，忘啦！忘啦！哪儿有那么复杂精细！不过，从那以后，我看见屁股就害怕，打针的时候，尽量往臀部的上方和外方打，那里似乎离坐骨神经最远。

我们趴在图谱上对照，发现老护士说的是一条真理。坐骨神经长得再怎么变异，也不会长到臀部的上外方去。那里像马路上的安全岛，是一个保险地带。

我们照方办理，而且不断发扬光大。直到有一天，老医生对我们说，我给病人开的医嘱是臀部肌肉注射，可你们把针戳到病人的腰眼上了。

我们引经据典地说，那儿没有坐骨神经。

老医生严厉起来，说，那儿有肋间神经！

我们也气起来，说，这神经那神经，谁知道神经是个啥玩意儿？总有一天，大家非要发神经！

老医生就愣在那儿，自己先发起神经来。

再比如说学习眼睛，老医生在墙上挂了一张彩色图，说是眼球的横剖面。就是说，用一把又薄又快的刀片，沿着眼球的横轴，向着颅骨方位切下，然后绘出图来。图倒是挺好看的，花花绿绿，最上面是一座弯弯的拱桥，好像苏州园林建筑。据说那就是虹膜。不过，拱桥下面可没小巧的木船和长长的流水，是一团电线似的黄斑，按照图上的标志，那是视网膜最灵敏的区域。

我隔着眼皮按了按很有弹性的眼珠，对照着这张神秘莫测的图，实在想不通，滴溜溜圆的眼睛，怎么变成了一座五彩的拱桥。

我同老医生谈了自己的感想，他吹胡子瞪眼地说，你的几何一定不好，没有空间想象力。

我说，那你别让我当卫生员好了，我正不想干这个呢！爬电线杆子不需要空间想象力，本来就在空间里。

老医生被我呛得没话说，若有所思。

有一天，老医生对我们说，你们愿不愿意上一堂人世间最真实的解剖课？

我们齐叫，当然愿意。

老医生说，那就要不怕吃苦，不怕受累，不怕爬山，不怕血……

果平说，那是上课还是打仗？怎么比拉练还艰难？

老医生说，算你猜得对。我们就是要到高高的山上去解剖。说穿了，是一种简易的天葬。

天葬是当地兄弟民族的风俗，人死了，请天葬师把尸体背上专门的天葬台，用特制的工具，把肉身分解成无数小块儿，飞翔的兀鹰就把分散的人体，衔向高渺的天空……

我们说，你会天葬吗？

老医生说，我不会。现在情况特殊，天葬师都找不到了，无法实施正规的天葬，我可以通过解剖，达到和天葬同样的效果。我已经和病人的家属商量好了，由我安葬他们逝去的亲人，尽量达到天葬的效果，他们同意了。

我们战战兢兢地说，什么时间？

老医生一字千钧，说，明天。你们除了可以看到坐骨神经和眼球的构造，还可以看到真正的恶性肿瘤。

那一天晚上，我们都睡得很不安宁，总像有一双铺天盖地的灰色翅膀，毛茸茸地抚摩着我们的头顶。

早上起来，小如穿上高筒毡靴，戴着口罩，佩着风镜，从头武装到脚。河莲笑她，你这是上解剖课，还是去疫区作战？

小如说，这样，我的胆子就会大一些。

死者是一个牧羊人，得的病是肝癌。病故后，家属本着对解放军的高度信任，把亲人的遗体托付给金珠玛米，由医生安排。家中活着的人，就赶着羊群向远方走去。老医生拿出一副担架，对我们说，把尸体抬到上面去。

我们七手八脚地行动起来。逝者是一个五十岁上下的汉子，瘦骨嶙峋。我们把他从太平间请出来，安放在担架上，再把担架抬进解放牌大卡车车厢。

司机也是第一次执行这种奇特任务，说，开哪儿去？

老医生说，很简单，开到最高的山上去。

司机说，那可办不到。咱们这里最高的地方是喜马拉雅山，爬上去的人都是登山英雄，汽车绝对上不了。

老医生说，我的意思是把车开到附近公路能够到达的最高海拔。

司机说，明白了。反正我就一直往前开，开到汽车不能走的地方，我就停下来。

担架蒙着白单子，很圣洁的样子。解放车车厢里的地方不算小，但中央摆了一副担架，剩下的地方也就不很宽敞了。我们拼命想离担架远一些，挤到大厢四角。但甭管怎么躲，与死人的距离也超不过两尺。我昨天还给这汉子化验过血，和他说着话，此刻他却静静地躺在那里，再不会呼吸。随着车轮的每一次颠簸，他像一段木头，在白单子底下自由滚动。

汽车在蜿蜒的公路上盘旋，离山顶还有很远，路已到尽头。司机把车停下来说，四个轮了没办法了，剩下的路就靠你们的两个轮子了。我在这里等你们。

我们把担架抬下来，望着白云缭绕的山顶发愁。老医生说，两个人一组，共需四个人，你们还剩一人做替补，谁累了就换一下。我在前面做向导。好了，现在报名，你抬前架还是后架？

看着平放在地上的担架，我想想说，我抬后面吧。

这实在是利己的想法。想想吧，如果抬前架，一个死人头颅就在你身后不到半尺的地方，沉默地跟随着你，是不是有汗毛竖起的感觉？在后面虽然离死人的距离是一样的，但你的目光可以随时观察他的动作，心里毕竟安宁多了。

小如赶紧说，我和小毕在一起。

河莲勇敢，痛快地说，我抬前面。

还剩下小鹿和果平。果平说，小鹿你就当后备队吧，我和河莲并肩战斗。

分工已毕，小小的队伍开始向山头挺进。老医生走在最前面，负有重大使命，需决定哪座峰峦才是这白布下的灵魂最后的安歇之地。

在高海拔的地方，徒步行走都很吃力，更甭说抬着担架。幸好病人极瘦，我们攀登时费力稍轻。我们艰难地高擎担架，在交错的山岩上竭力保持平衡。尸体冰凉的脚趾，因为每一次的颠簸，隔着被单颤动不止。坚硬的指甲像啄木鸟的长嘴，不时敲着我和小如的面颊。小如拼命躲闪，连累得担架也歪了，死者的身体发生倾斜，她那个方向被啄得更多。倒是我这边听天由命，比较从容。

我们不敢有片刻的大意，紧盯着前面人的步伐。河莲和果平往东我也往东，她们往西我也往西。若是配合不默契，一失手，肝癌牧羊人就会从担架上滑下来，稳稳坐在我和小如的肩膀上。

山好高啊！河莲仰头望望说，我的天！再这样爬下去，你们干脆把我就地给天葬算了。

果平也说，真想和担架上躺着的人换换位置哦。

小鹿说，我替换你们。

小如说，你也不是三头六臂，能把我们都换了吗?

我身为班长，在关键时刻得为民请命。抑制着喉头血的腥甜，对走在前头的老医生说，秃鹫已经在天上绕圈子了，再不把死人放下，会把我们都当成祭品的。

老医生沉着地说，你太看不起这些翱翔的喜马拉雅鹰了。鹰眼会在十公里以外，把死人和活人像白天和黑夜一般截然分开。只有到了最高的山上，才能让死者的灵魂飞翔。我们既然受人之托，切不可偷工减料。

只好继续爬啊爬……终于，到了高高的山上，一伸手就可以摸到天的眉毛。我们"嘭"一声把担架放下，牧羊人差点从担架上跳起来。老医生把白单子掀开，把牧羊人铺在山顶的沙石上，如一块门板样周正，锋利的手术刀口流利地反射着阳光，簌然划下……他像拎土豆一般把布满肿瘤的肝脏提出腹腔，仔细地用皮尺量它的周径，用刀柄敲着肿物，倾听它核心处混沌的声响，一边惋惜地叹道，忘了把炊事班的秤拿来，这么大的癌块儿，罕见啊……

喜马拉雅鹰在我们头顶上愤怒地盘旋着，巨大的翅膀呼啸而过，扇起阳光的温热、峡谷的阴冷。牧羊人安然的面庞上，耳垂还留着我昨日化验时打下的针眼儿，粘着我贴上去的棉丝。因为病的折磨，他干枯得像一张纸。记得当时我把刺血针调到最轻薄的一挡，还是几乎将他的耳朵打穿。他的凝血机制已彻底崩溃，稀薄的血液像红线一般无休止地流淌……我使劲儿用棉球堵也无用，枕巾成了湿淋淋的红布。牧羊人看出我的无措，安宁地说，我身上红水很多，你尽管用小玻璃瓶灌去好了，我已用不着它……

注视着生命的短暂与无常，我在这一瞬，痛下决心，从此一生努力，珍爱生命。大家神情肃穆，也都和我一样，在惨烈的真实面前，感到生命的偶然与可贵。

好了，现在，我把坐骨神经解剖出来给你们看。老医生说着，将牧羊人翻转，把一根粗大的白色神经纤维从肉体里剔了出来。

看清楚了吗？他问。

看清楚了。我们连连点头。

还要看什么？老医生像一个服务态度很好的售货员，殷勤地招呼着顾客。

不，我们什么都不看了。我们异口同声地说。

好像我还记得，你们之中有谁说过，她不明白眼球的解剖？我现在可以演示给你们看。老医生说着，又把牧羊人翻过来。

我大叫道，是我说的。可是我现在已经明白了，非常清楚，我不需要您演示了。我们想回家。

是的。现在最想干的一件事，就是回家。我们迫不及待地说。

老医生狐疑地看着我们说，这个机会可是千载难逢。不过，既然你们全都懂了，我就不给你们详细讲了。现在，请你们慢慢往山下走吧。

我们说，你呢？

他说，我要留在这里，把牧羊人分成许多部分，让喜马拉雅鹰把他带到云中去。那是他们信仰的灵魂居住的地方。

我们说，你害怕吗？

老医生很沉着地说，为什么要害怕呢？我这是在做善事啊。包括让你们看这些解剖的场面，你们一定觉得很残酷，其实，一个好的医生，必须精确地了解人体的构造，这才是对生命的爱护。不然，你看起来好像很仁慈，因为稀里糊涂一知半解，就会给人看错了病，耽误了病情，那才是最大的残忍呢。

我们除了点头，再说不出别的话。

我下决心问道，人的眼睛和别的动物的眼睛，是一样的吗？

老医生说，从理论上讲，哺乳动物的眼睛结构都是一样的。这话什么意思？

我说，哦，没什么意思。随便问问。

听了老医生的话，我虽然从道理上明白了，在尸体上学习解剖，是正义、正当的事业，但我还是无法在牧羊人的眼球上，进行学习研究。他曾经那么信任地注视过我，用的就是这双眼睛，我不忍心看到它破碎。还是以后找机会，在一只牛眼上学习吧。

我们走了，不敢往身后看。巨大的鹰群从我们头顶俯冲而下，好像巨型轰炸机。

小鹿对我说，你知道我今天最大的感想是什么吗？

我说，你看着我们累得不行，自己却躲了清闲，一定在暗中偷偷乐吧？

小鹿说，班长，别开玩笑。也许因为你们一直是在负重行军，所以就来不及想更多的事情。我空着手走路，想得就格外多些。

小鹿附在我的耳边悄声说，我想的是，生命真好，活着真好，年轻真好。

生命真好，

活着真好，

年轻真好。

碗里的小太阳

我不吃羊肉，总觉得那肉里有一股青草味儿。小的时候，跟父母到北京的东来顺馆子里吃过一顿涮羊肉，回来后全身起了风疹。医生说是过敏，让我终生忌食羊肉。

到了西藏，羊肉就成了主要菜肴。做法很粗犷，用斧子将整只羊劈成碗口大的坨子，连骨头带肉丢进高压锅，再塞入一块酱油膏，撒点作料，盖上锅盖急火猛攻。一个小时后，一道名为"大块羊肉"的高原菜就算烧好了。大家就拎着饭碗来打菜。

我对同屋的果平说，你把我的那份儿菜打走好了。

果平说，那你吃什么呀？

我说，吃咸菜呀，我是宁肯吃咸菜也不吃羊肉的。

果平说，你好傻啊，会写美丽的"美"字吗？

我说，会写呀！说完，就用勺子把儿在手心上写了一个大大的"美"字给她看。

果平说，原来你还挺聪明的呀！那你为什么不吃羊肉呢？什么叫"美"？"大""羊"两个字摞起来就是"美"啊，西藏的羊多大啊！

我便如实相告，吃羊肉过敏。

于是，在吃羊肉的日子里，只有我一个人孤零零地吃咸菜。时间长了，被炊事班班长发现，他说，老吃咸菜怎么行？长久下去会得病的。

我说，那好啊，你给我做猪肉。可那些猪肉都是从平原运来的，数量不多，都让我吃了，就太对不起大家了。几次小灶以后，我对炊事班班长说，我还是吃咸菜吧，这样心安。

炊事班班长见我很坚决，就说，要不这样吧，你跟我到食堂的库房里挑

一挑，看你喜欢吃什么，就拿点什么，反正每个人都有一份儿伙食费，你不吃羊肉就吃别的好了。

我第一次走进库房。哇，好丰富！一箱箱的奶粉、成麻袋的红糖和白糖，还有花生米、葡萄干、脱水菜、压缩饼干……真够琳琅满目的。可惜都是干菜、坚果类，根本引不起人的食欲。

就没有蔬菜吗？比如红红的萝卜、绿绿的黄瓜？我实在太渴望吃青菜了，明知没有多少希望，还是试探着问。

有啊。炊事班长很肯定地说，随手拈出一筒罐头。三下五除二，打开来，倒真是有红红的萝卜、绿绿的黄瓜，只是它们强烈地冒出一股酸气。原来这是酸菜罐头。

吃了几次酸菜罐头，我就腻了。我跟在炊事班班长的屁股后面转，突然发现一只神秘的小麻袋，袋口的线绳扎得紧紧的，灰头灰脑地缩在墙角。

那是什么？可不可以吃？我问。

吃不得。那是一种虫子干儿，有怪味道。炊事班班长说。

我好奇地解开绳子，出现在眼前的是满满的一麻袋红澄澄橙膨胀的——大海米!

噢!我今天就吃这种虫子干儿了!我快活地大叫着,要知道我们自打到了西藏,还没尝过海味儿呢!我顺手抓了一把海米填进嘴里,嚼得咯咯响,鲜香满口。

炊事班班长吃惊地瞪着我,因为,他自小生活在西北的山区,从没见过海里的生物。

但连续吃了几次海米之后,我又腻了。这一回,我长了经验,不让炊事班班长当向导,自己在库房里转呀转,想再发掘出点不同凡响的食品。

果然,我又找到一只奇怪的麻袋。看起来鼓鼓囊囊,拎一下却很轻。打开一看,原来是又大又圆的山西红枣。

我立刻用随身带的饭盆舀了半盆,连蹦带跳地跑出库房,对等在外面的炊事班班长说,我今天就吃这个喽!

炊事班班长说,这个当零食吃可以,当正经菜可不行。

我说,能行能行,又能当菜又能当饭,说着就跑远了。

以后，我和我的朋友们就热切地盼着吃羊肉的日子。我进库房用来盛红枣的器皿越来越大，最后，简直变成了一只小脸盆。炊事班班长吃惊地说，你一个女孩子，一顿吃得了这么多的红枣吗？小心别闹肚子。

　　我说，当然吃得了，你就放心吧。

　　他不知道，每次都是我们全屋的女孩子一块儿吃红枣。在那些最严寒的日子里，我们团团地围坐在火炉旁，把红枣洗净，撒上白糖，放在小锅里，慢慢地煮。

　　在呼啸的风雪声里，红枣渐渐地膨胀起来，好像一轮轮暖洋洋的小太阳，把我们的脸都映得红艳艳的。

　　女孩子吃红枣，是很补身体的。

在呼啸的风雪声里，

红枣渐渐地膨胀起来，

好像一轮轮暖洋洋的小太阳。

雪线上的蛋花汤

鸡蛋在昆仑山上是很稀罕的东西。

你想啊，海拔五千多米，多么品种优良的母鸡也活不了。从平原到高原几千公里的路程，汽车一路上"跳迪斯科舞"，鸡蛋就是铁皮的，也会被颠出缝。

于是，军需部门就给我们运鸡蛋的代用品。其一是蛋黄粉，色泽像金皇后玉米面一样灿烂。掺上水，用油一煎，就成了金闪闪的蛋黄饼。可惜好看不好吃，根本没有鸡蛋味儿，曾噎得人直翻白眼儿。

用鸡蛋黄养鱼都养不活，人要一天吃这个，能得黄疸病！有人说。

食堂若吃蛋黄粉，准得剩一大盆，像漫天的迎春花。

其二是一种有清有黄的冻蛋，是把整个鸡蛋打进铁桶，速冻而成：说起来倒是全须全尾的原装，吃到嘴里，却比鲜蛋差得远。好像鸡蛋的魅力是一种很温暖的东西，一冻就丢了。

其三就是鸡蛋罐头了，圆圆滚滚的球体卧在玻璃罐里，随浑黄的液体浮动。除了形状上还保持着基本轮廓，很难使人想到它是母鸡的产品。

于是，我们这些远离家乡的年轻军人，就像思念绿色一样，思念白色的温暖的有着粗糙外壳的真正的鸡蛋。

有一年过节，炊事班班长很神秘地叫我，喂，你是女娃，有个事要问你。

炊事班班长很能吃苦，做饭的手艺可不敢恭维。

什么事？你说好了。我心不在焉地应道。

喏，你看，他伸出蜷得像个鸟窝似的手掌——我看到在他皲裂的手指圈起的半圆形凹体中，有一个粉红色的鸡蛋。

是真的吗？我惊喜地问。

当然是真的！要是有只老母鸡，也许能孵出鸡娃来！炊事班长得意地说。

这肯定不行。就算它原来是一颗有生命的种子，跋涉冰峰雪岭时也早冻死了。我顾不上反驳炊事班长，只一个劲儿地问，它为什么没被颠破呢？

炊事班长不乐意了，说，瞧你这个样，好像巴不得它破了！这是我老乡特地从家乡带来的，一路上抱着纸盒，连个盹都没舍得打。

我说，这真是一个经历了长途拉练的鸡蛋。

炊事班长说，别废话，知道叫你来干什么吗？

我说，把这个鸡蛋送给我。

想得美！炊事班长晃着他的方脑袋说，老乡一共送我三个鸡蛋，三个鸡蛋够谁吃的？今天过节，我想用这三个鸡蛋给大伙儿做一锅真正的鸡蛋汤。你是城里人，你喝过那种片片缕缕像米汤似的鸡蛋汤吧？咱就做那样的。

喝过。我说。

那好，你就给咱做。炊事班长说着，把我推到锅前。

在呼呼的热水面前，我可傻了眼。不错，我是喝过那漂浮如丝带的甩袖汤，但我根本就不知道它是怎么做出来的！可我又不好意思对向我寄予了无限期望的炊事班长说"我不会"。在炊事班长的方头颅里，既是城里人，又是女人，就该天生会做鸡蛋汤。

嘿！有什么了不起的！鸡蛋汤鸡蛋汤，顾名思义，把鸡蛋倒进水里就成汤！我痛下决心。

打蛋！我命令道。

炊事班长乖乖地拿出个大铝盆（可以当行军锅的那种，比一般脸盆要大和深），把三个鸡蛋打进去，用手指把蛋壳内的每一滴黏液都刮净。

三个鸡蛋像三颗金蚕豆，在空旷的盆底滚来滚去。没有了外壳的鸡蛋，更小更少。

一大锅水开了，冒着汹涌的白汽。我端起盆，正想把搅匀的蛋液倒进去，突然觉得它们太单薄了。

加水。我说。

往哪里加水？炊事班长谦虚地问。

当然是往……鸡蛋里加水了。我胸有成竹地说。

加多少？炊事班长小心翼翼地请教。

就加……一大勺吧！我指挥若定。

现在盆里的景象好看多了，黄澄澄的半盆，再没有捉襟见肘的窘迫。好了，现在就把鸡蛋液倒进锅里，并且一个劲儿地用筷子搅拌。一会儿，我们就会有香喷喷的真正的鸡蛋汤喝了。我有条不紊地吩咐着。

牛高马大的炊事班长乖乖地听着指挥，三个珍贵的鸡蛋和一大勺凉水倾倒进沸锅……一时间，锅里锅外都很安静。

一个人只能喝一碗，多了就不够了。今天你辛苦，就给你喝两碗吧。炊事班长思谋着。

鸡蛋是你的，你本该多吃多占点。我说。

想象中的鸡蛋汤该有仙女水袖般飘逸的蛋花，该有糯米般甜蜜的蛋丝，该有……

满满一大锅水再次开了。

锅里什么也没有，只是云雾般地混浊。那三个鸡蛋神秘地失踪了，融化在一大锅雪水中。

我和炊事班长面面相觑，目光在询问，鸡蛋呢？万里迢迢从家乡带来的鸡蛋哪儿去了？！

喝汤的时候，我对大家说，今天这汤是鸡蛋汤，真正的鸡蛋汤！

同伴们莞尔一笑，说，是吗？做梦吧！

是真的！我亲眼看见三个鸡蛋的，它们就在这汤里，我不骗你们！我急得都要哭了。

大家还是半信半疑，因为，汤里实在是看不到鸡蛋的影子。

不信，你们问炊事班长。我使出最后的"撒手锏"。

大家把脸转向炊事班长。炊事班长抚着他的大方脑袋，什么话也没说。

于是，大家一哄而散，没有人相信我关于鸡蛋汤的神话。

炊事班长，你为什么不说？为什么不说？我气愤地质问他。

大家没看见鸡蛋，你叫我说什么？炊事班长心平气和地说。

那一天，我喝了好多鸡蛋汤，一边喝一边想，鸡蛋藏到哪儿去了呢？

这个问题我一直想了好多年。我想，假如我不在鸡蛋里掺水，事情也许会好得多。当然，如果锅不是那么大，如果我们有许多鸡蛋，我们就一定会喝上美味的鸡蛋汤了。

鸡蛋在昆仑山上是很稀罕的东西。

信使

　　我十七岁的生日，是在藏北高原过的。那天，正好是军邮车上山的日子，这个生日便像美丽的项圈，久久地悬挂在我的胸前。

　　喜马拉雅山、冈底斯山、喀喇昆仑山，像三柄巨大的棱锥，将我所在的部队托举到了离海平面五千多米的高度。我的生日在十月，这正是平原上麦秸垛金黄而干燥的时光，昆仑山却已万里雪飘。就要封山了，封山是冰雪发出的禁令，我们将与世隔绝到春天。

　　战友们把水果罐头汁倾倒在茶褐色的刷牙缸里，彼此碰得山响，向我祝贺。对于每月只有一筒半罐头的我们来说，这是一场盛大的庆典。

但心中总有淡淡的悲愁——我想家。

一位白发苍苍的老医生对我说，也许军邮车今天会来的。

你骗人！我大叫。有时候猛烈地指责别人说谎，其实是太渴望那消息真实。

军邮车大约每月从新疆喀什开上昆仑山一次，日子并不准，仿佛一只来去无踪的青鸟。老医生戍边多年，他的话有时像符咒一样灵验。"每年封山前上山的最后一辆车，总是军邮车。山下的人都知道我们的心。"他晃着满头的白发，像一丛银针。

那天夜里，军邮车像破冰船一样，跋涉五天，英勇地到了，整个军营为之沸腾。我们真想欢呼，但军人只有打了胜仗才允许欢呼，于是我们屏住气盯着一处房舍。房舍门口站着两个威武的士兵。因为曾有一次，迫不及待的边防军人跑去抢信，从此在军邮车到来的日子，分拣信件的房间便加站双岗。

各单位取信的人站在房外，一取到信就像古代的驿马接到加急文书，拔腿就跑，去把信件送给望眼欲穿的人们。

在高原上奔跑，不是一件轻松的事。这活儿一般都分给腰细腿长的年轻人，但白发苍苍的老医生执拗地要做这件事。知情的人私下里说，他家中有很老的双亲、很弱的妻子、很小的孩儿，想信比别人更甚。

老医生说，有一年封山的时间格外长。半年后军邮车首次上山，信件一直摞到分拣人的胸前。他们在信海中游走，呼吸都很困难。

老医生抱着一大摞信，我们扑上去抢。那时候干部去干校，知青接受再教育，妻离子散的多，信件也格外多。每个人都像蜘蛛一样，吐出思念思索的长丝，织一张自己的情感信息之网。

霎时老医生手中就空了，接下来是唰唰地撕信，信皮的断屑萧萧而下。

我最先看的是父母的信。仿佛有一只温暖而柔软的手，从洁白的笺纸中探出来，抚摩着我额前飘动的乌发，心便不再凄然。

再看同学和朋友的信。我的同桌此刻在遥远的西双版纳，信中夹了一朵花的标本。她说这是景洪最美丽的花，有沁人肺腑的香气。夹花的那页信纸留有大片紫色的痕液，想象得出花盛开时的娇嫩。我低头嗅那被花汁浸泡过的地方，哪儿有什么香气，有的只是纯正而凛冽的冰雪气息缭绕其中。

我连夜回信。平常日子，营区是柴油发电机供电，每晚只亮两个小时，然后就像木偶人似的眨几下眼睛，熄灭了。军邮车一来，首长便传令延长发

电时间，以利于拣信和回信。首长其实也很盼信到来。

同屋的女兵嘤嘤地哭了起来。她的小侄子病了。我们都放下笔去劝她。然而，女孩子常常是这样：越劝哭得越欢畅。

老医生悠长地叹了一口气，告诉离得这么远的一个小姑娘，孩子的病就能好了吗？我家里人是从不这样的。

不一会儿，女兵停止了哭泣，因为从老医生送来的第二批信中，她得知小侄子的病已经见好，老医生说，把信全拆开，码饼干似的排好，从最后面的看起，前面的只能作参考。

这自然是至理名言。这么办，时间长了，我们也发现了弱点。好比一本荡气回肠的小说，快刀斩乱麻先看了结尾，再回过头去细细咀嚼，便少了许多悬念和曲折。

那一次军邮车上山，老医生没有收到一封信。按照他们家的逻辑，没有信来也许就是出事了。他的忧郁持续了整个冬天。

在这海拔五千米的高原营地，每逢有人下山，就会挨门挨户地问，我要走了，要不要带信？哪怕是平日最自私的人，在这件事上也绝对平和而周到，这是高原的风俗。

有时候突然写好一封信，又不知谁能带走，就在吃饭人多时喊，谁能下山，告我一声。一次，一个素不相识的人对我说，我知道你父亲的名字。你看过我的档案？我问。不是。几年前我为你代发过家信。我已经完全记不得是托什么人又转到他手中的，于是赶忙表示迟到的谢意。

在我十七岁生日过去半年的时候，收到了西双版纳同学的回信，那朵花怎么是紫色的呢？它是雪白的呀！而且，绝不可能没有香气！

信是老医生送来的。这是开山后的第一次通邮，他也很快乐，他的家里寄来了平安信。有时候他又突然疑惑，说他家会不会有什么事瞒了不肯告诉他。我们都说不会不会，你是家里的顶梁柱，他们离了你，根本就办不了事，怎么会瞒你！他也觉得很有道理，心宽许多。

终于，轮到他探家了。很早就告诉我们：他下山时专门预备一个提包，为大家装信。我便对着昆仑山皑皑的冰雪，咬着笔杆，从从容容地写了大约三十封信，每一封都竭尽我的才能。

我双手捧着这摞信，郑重地交给老医生。他的白发在雪峰的映衬下，晃动得像一盆水中的粉丝，你放心好了！我到了山下第一件事就是为大家发信。假如回信快的话，下次军邮车上来，你们也许就能收到回信了。

他走了。军邮车像候鸟，飞来一次又一次，但那三十封信一封也不见回音。原来他下山乘坐的车翻了，这在高原是很平常的事。熊熊烈火吞噬了他银发苍苍的头颅，那个装满信件的旅行包，顷刻间化为青烟。

那三十封信，只有给父母的那封，我重写了托人发出。给其他人的，便再也提不起兴致重写。只要抓起笔，老医生的白发就在眼前灼目地闪动，眼珠便发酸。大团大团的冰雪，在我胸中凝结。

后来，在老医生的追悼会上，我才知道他的生辰，远没有我想象的那样老。满头灿然的白发，是昆仑山馈赠他的不能拒绝的礼物。

他死了以后，军邮车还带来过他的家信。我第一次注意了一下地址：是广西一个很偏远的小城。又在地图上仔细寻找，那地方在北回归线以南，属于热带，该是非常炎热的。老医生的家乡，距离昆仑山大约有一万五千里。那封迟到的信，边缘已经磨损，好像烙熟又蒸了几遭的馅饼，几处裂口的地方，被薄而坚韧的透明纸粘贴过，上面打着蓝色的印章："邮件已破，军邮代封。"

不知这是不是封报平安的家信……

就要封山了，

封山是冰雪发出的禁令，

我们将与世隔绝到春天。

制 花 圈

　　我是特意用"制"花圈这个词，而不用通常的"做"花圈。因为"制"的规模大，有流水作业大生产的味道。

　　二十多年前，我在藏北高原当兵。高寒、缺氧、病痛……一把把利刃悬挂在半空，时不时地抚摩一下我们年轻的头颅。一般是用冷飕飕的刀背，偶尔也试试刀锋。

　　于是就常有生命骤然折断，滚烫的血沁入冰雪，高原的温度因此有微弱的升高。

　　凡有部队的地方就有陵园。每逢清明和突然牺牲将士的时候，我们就要赶制花圈。因为我们是女兵，花圈就要扎得格外美丽。当我们最初扎花圈的时候，觉得像做手工一样有趣。

做花圈先要有架子。若在平原，竹子、藤条、木棍……都是上好的材料。但对于高原，这些平常物都是奢侈品。男兵用钢筋焊出一人多高的巨环，中间用钢丝攀出蛛网似的细格。花圈的骨骼就挺立起来了。

我们在乒乓球案子上做花。五颜六色的花纸堆积如山，刚开始的时候，似乎有些节日的气氛。女孩们分成几组，有的把纸裁成大小不等的方块，有的剪出形状各异的花瓣，有的用糨糊粘绿叶……有条不紊，各显神通。

忙了一阵子之后，所需的花朵基本上备齐了。屋里花红柳绿的，对我们习惯了莹白冰雪颜色的眼睛来说，真是享受。

该往黝黑的钢环上绑花了。一圈红的、一圈蓝的……白花最多，像高原上万古不化的寒冰。

花圈渐渐成形，女孩子们的嬉笑声渐渐沉寂。一朵朵的化是艳丽的，一圈圈的花就有了某种庄严。当一个个硕大的花环肃穆而凝重地矗立在我们面前时，一种被悲哀压榨的痛苦，像鸟一样降临在我们心头。

这是献给一个或一组年轻生命的祭品。

每次制花圈，都要整整干上一天。先给司令部做，再给政治部做，然后还有后勤部……人们认为女孩天生与花有缘，殊不知这凄冷的花卉，令人黯然神伤。

　　有一天下午，我们为一位牺牲在边境线上的战友赶制花圈。因为第二天就要卜葬，一直干到凌晨三点。倦意袭来，绑花时钢丝不停地扎手，有鲜血像红豆似的渗出。马上就要完工时，桌上的电话铃猛然响了。我揉着眼睛问，什么事啊？

　　对方低沉着嗓音说，刚才夜间紧急集合时，一个战士翻身跃起，突然倒在地上死去了。请你们再赶制一副花圈。

　　那一瞬，我痛彻骨髓。那个不认识的男孩啊！当我们开始制那副花圈的时候，你还活着。当我们制完那副花圈的时候，就要为你制花圈了。

　　那一夜，女兵们彻夜无眠。当雪山上的朝阳莅临军营，大卡车把我们的产品运至墓地。

　　摄影干事们很忙。他们用最好的角度把墓前的花圈照下来，寄往内地的某处小村。那些牺牲了的士兵的父母，永远无法到达高原。他们会在无数个月夜，看着相片上的一丘黄土和伟岸辉煌的花圈，潸然泪下。

高寒、缺氧、病痛……

一把把利刃悬挂在半空，

时不时地抚摩一下我们年轻的头颅。

一般是用冷飕飕的刀背，

偶尔也试试刀锋。

葵花之最

二十年前的那个春天，我是在昆仑山上度过的。

昆仑山其实只有一个季节——冬天，春节过后那段漫长而寒冷的日子被称为春天，这是我们这帮小女兵从平原家中带来的习惯。

快到五一了，冰封的道路渐渐开通，春节慰问品运到了。五颜六色来自五湖四海的慰问袋最受欢迎。小伙子们希望从绣着花的漂亮布袋里，摸出一双精致的鞋垫，做一个浪漫的梦。姑娘们没有这份心思，只想找点稀罕的吃食，打打牙祭。整整一个冬天，除了脱水菜和军用罐头，没有见过绿色。可惜，关山重重，山路迢迢，花生走了油，瓜子变哈喇，沙枣颠成粉末，面粉烙的小馍子像出土文物……

突然闻到一股奇异的清香。

那是一个绣着黄色"八一"和红色五星的小白口袋。针脚毛茸茸的，绣活手艺不高，想必出自一个笨手笨脚的胖姑娘。

打开一看，是一袋葵花子。颗颗像小炮弹一样结实，饱满得可爱。我们每人抢了一把，一尝，竟是生的。葵花子中埋着一封信。

"敬爱的解放军叔叔们……"

信是从广东省湛江市第二小学发出的。

我们趴在地图上找。嗯，湛江，好远！那里是亚热带，一个很热的地方。

孩子们请求解放军叔叔们，把他们精心挑选出的葵花种子，种在祖国的边防线上。

我们把手中的葵花子放回布袋。那清香，是阳光、土地和绿色植物的芬芳。

昆仑山咆哮的暴风雪，伴随我们进行讨论。

为什么只写给解放军叔叔？边防线上也有解放军阿姨呀。

在国境线上种葵花，多美妙的想法！每当葵花开放的时候，我们将有一条金色的国境线。

这根本不可能！昆仑山是世界第三极，雪线上连草都不长，还能开葵花？！

我们都默不作声了，只听见屋外风在嘶鸣。

大家决定由我给孩子们回一封信，就说葵花子是解放军阿姨们收到的，只是这里很冷很冷……

昆仑山的"夏天"到了。

信早已写好，却始终没有发出。我们大着胆子，把葵花子种在院子里。

人们都说活不了，却天天跑来看，松土施肥。

葵花发芽了。先探出两片嫩黄的叶子，像试探风向的小手掌，肥厚而天真。然后舒展腰肢，前仰后合生机盎然地长大起来。

昆仑山默默地认可了这些来自亚热带的绿色幼苗，就像它认可了我们一样。

然而，我们高兴得太早了。不知道该算是上个冬天最迟还是下个冬天最早的一股冷风，冻死了绝大部分葵花。

奇迹般地保存下一棵幼苗。它并不是最强壮的，也许因为近旁有一块大石头。受到启发，我们用石头为葵花围起一圈不透风的篱笆。

现在，我们每天趴在石头围墙上看葵花，不知道的人，会以为里面养着活蹦乱跳的小生灵。

这棵幸运的葵花，一往情深地看着太阳，勇敢地展开桃形的枝叶，茎上纤巧的绒毛，像蜜蜂翅膀一样，在寒风中抖个不停。也许它感到了昆仑山喜怒无常的威严，急匆匆地压缩自己生命的历程，才长到一尺高，就萌出了纽扣大的花蕾，压得最高处的茎叶微微下垂，好像惭愧自己为什么不长得更高一些。

那一年没有秋天。寒凝一切的风雪，毫无先兆地骤然降临。早上起来，天地一片苍茫，我们几乎是跌跌撞撞地扑向葵花。

石围墙也被飓风吹得四散飘去，向日葵却凝然不动地站立在那里，在冰雕玉琢的莹白之中，保持着凄清的翠绿。叶片傲然舒展，像一面面玻璃做的旗，发出环佩般的叮当之声。最不可思议的是，在它生命的最后一刻，居然绽开了一朵明艳的花。那花盘只有五分硬币那么大，薄而平整，冰雪凝冻其上，像一块光滑的表蒙子，刚分裂出的葵花子还未成熟，像丝丝柳絮一样优雅地弯曲着，沁出极轻淡的紫色。最令人惊奇的是花盘四周弹射出密集的黄色花瓣，箭头一般怒放着，像一颗永不泯灭的星。

向日葵身上的冰花越结越厚，最后凝固成一方柱形的冰晶。

广东省湛江市第二小学当年的孩子们，但愿不要看到我这篇小文。愿他们心中永存一条盛开葵花的金色国境线。

假如有一天，我能重回昆仑山。在两座最高的山峰中间，有一块只有我们才知道的地方。在深深的永冻土层之下，有一方冰清玉洁的水晶，水晶中有一朵美丽绝伦的花，宛若雏菊半仰着脸，灿然微笑着……

我不知道它是不是世界上最小的葵花，但我知道它是世界上最高的葵花。

我不知道
它是不是世界上最小的葵花，
但我知道
它是世界上最高的葵花。

黑白拂尘

抵达阿里，我们受到了热烈的欢迎。头几天，领导照顾我们，说是不安排工作，让安心休息以适应高原。我们住在医院最暖和的房子里，清闲得像一群公主。

一天早上，我走出房门，突然看到一个奇怪的庞然大物卧在雪地上，目光炯炯地面对着我。它眼若铜铃，身披长毛，威风凛凛地凝视远方，丝毫也不把寒冷放在心上，好像身下不是皑皑的白雪，而是温暖的丝绵。它一动也不动，仿佛一堵古老残破的褐色城墙。长而弯曲的犄角，散发着不可抗拒的威严。

天哪！这是什么？我小声喊道。原本是想大叫的，只是突然想到若是一下子惊动了这猛兽，它还不得用舌头把我卷上天空，然后掉下来摔成一摊肉泥！声音就在喉咙里飞快地缩小，最后成了恐惧的嘟囔。

声音虽弱，但受了惊吓的慌张劲儿还是成色十足。河莲一边用牙刷捅着腮帮子，一边吐着泡沫从屋里走出来说，一大清早，你瞎叫什么呀？好像撞见了鬼？

我战战兢兢地指给她看，说，比鬼可怕多了。鬼是轻飘飘的，可它比一百个鬼都有劲儿！

河莲顺着我的手指看去，眼光触到怪物，大叫了一声，哎哟，我的妈呀，肯定是牛魔王闯到咱们家来啦！说罢，吐着牙膏沫子逃向别处。

本来我想河莲会给我壮个胆，没想到她临阵脱逃。我偷着瞅了一眼怪物，只见它的大眼睛很温驯地瞄着我们的小屋，并没有露出恼火的神色。过了半天，它沉重地眨了一下眼皮，就又悠然自得地注视远方去了。

我屏住气，悄悄地走近它。只见它浑身上下都是尺把长的棕黑毛，好像裹着一件硕大的蓑衣，连海碗大的蹄子上方也长满了毛，像毛靴一样把自己保护得严严实实，难怪它对严寒无动于衷，没准儿觉得像乘凉一般舒服呢。连它的尾巴也不同寻常，不似水牛、黄牛的，只是小小的一绺儿，在屁股后面抽抽打打地赶蚊蝇，好像苍蝇拍一样。这家伙的尾巴是蓬蓬松松的一大把，好像一只同样颜色的小松鼠顽皮地蹲在它身后。我正看得带劲儿，它突然不耐烦起来，挺起胸膛，大大地张开嘴巴，我看到雪白的牙齿和红红的舌头，一股淡黄色的热气喷涌而出，好像它的嘴巴是一个即将爆发的火山口……

更可怕的事还在后面，从它粗大得像水桶一般的喉咙里，发出了震撼山峦的吼叫。

我被这叫声吓呆了，不仅仅是因为它的声音大，像它这么大的体积，吼声震天是意料中的事。令人惊异的是它的叫声太像猪了，好像宇宙间有一大群猪八戒，接受了统一的口令，齐声高歌。

我看着发出猪叫的怪物，它也很得意地看着我，好像在说，对，就是我在叫。怎么样啊？真正的猪也没我叫得像吧？

震耳欲聋的猪叫声把老蓝给引出来了。老蓝是医院里最老的医生，有一种爷爷的风度。他一看我和怪物对峙的局面，忙打了一声奇怪的呼哨。那怪物好像听到了同伴的召唤，慢慢爬起来，恋恋不舍地看了我们一眼，向远处的深山走去。

老蓝说，你这个女娃胆忒大，知道它是什么吗？

我说，知道。它是野猪。

老蓝说，错啦！它要是野猪，你还能安安生生地在这儿跟我耍贫嘴？它是牦牛！

我说，野牦牛？

老蓝说，它是家牦牛，你没看它挺和气的，我一发出牧人的信号，它就找自己的伙伴去了。野牦牛的脾气要比它大得多，一不高兴，就会用犄角把你的肚子顶出两个透明的窟窿。

我说，老蓝你没搞错吧？它的叫声分明是猪啊。我小的时候，在我姥姥家住过，猪圈就在窗户根底下，每天不是公鸡打鸣报告天亮，而是猪像闹钟一样准时把我叫醒。我可以证明，我们平常说猪是懒惰的动物，真是冤枉了它。猪是很勤快的，起得可早了……

老蓝不耐烦地打断了我的啰唆，说我在西藏喝过的雪水，比你过的河都多。你看见过长角的猪吗？

我一下子傻了眼。是啊，古今中外，还真没听说过猪长角。

老蓝说，牦牛是一种特殊的牛，老在寒冷的高原住着，它们身上的毛就越长越长，恨不能拖拉到地上，变成一件毛大氅。它的叫声像猪，老乡就给它起了一个好听的小名，叫作"猪声牛"，其实，它和猪没有一点关系，是地地道道的牛科反刍动物。别看牦牛长得挺吓人，其实，它的脾气最好，而且特别能吃苦耐劳。早年间西藏没有公路不通汽车的时候，牦牛就是最主要的运输工具，被人赞为"高原之舟"，和骆驼属一个级别的。牦牛奶也很好喝，颜色是淡黄的，营养价值特别高。牦牛的肉也很好吃，因为它经常跋山涉水的，瘦肉多，一点也不腻。它的毛非常结实，细的可以用来纺线织牦牛绒的衣服，暖和极了。粗的毛可以搓绳子、擀毡、制帐篷……牦牛简直浑身都是宝。对了，它的油更是好东西，能打出上好的酥油茶，那个香啊……还有牦牛血，提神壮胆……

老蓝说得得意起来，有滋有味地咂摸着，好像酥油茶抹了一嘴唇。

我刚开始听得很起劲儿，到了后来，忍不住说，老蓝，你怎么老说吃牦牛的事啊，都是高原上的生物，多不容易啊，为什么不让牦牛越养越多，漫山遍野？

老蓝说，你这个女娃的想法怪。牦牛养得太多了，你让它们吃什么？高原上只有很少的地方能长草，牦牛的舌头一舔过去，地上就秃了。

想想也是，我只好为牦牛的命运叹了一口气。

这时河莲走来，说，那个可怕的家伙跑了？

我说，河莲，如果发生了战争，我断定你是个叛徒。

河莲说，你可冤枉了我！你以为老蓝是自发来的吗？那是我呼叫来的援军，我陪着你死守有什么用？还是老高原有办法。这是机动灵活的战略战术啊！

老蓝趁我们俩斗嘴的工夫，回到自己的房间。当他再次出现的时候，手里多了一柄雪白的拂尘。它长丝垂地，根根都像精心锻造的银线笔直刚硬，拂动晨风，令人有飘飘欲仙之感。

我和河莲看傻了，觉得老蓝一下子成了观音菩萨的化身，手持拂尘，仙风道骨，超然脱俗。

老蓝当然还是那个倔老头儿的模样，关键是他手中的那柄拂尘，像精彩的道具，让老蓝摇身一变，使人耳目一新。

您这个东西是干什么用的？河莲问。

老蓝得意地一挥拂尘，轻盈地旋转了一下，原先聚在一起的银丝，就像一把白绸伞，缓缓地张开了翅膀，绽成一朵白莲花，在初升的太阳照耀下，晶莹剔透，神奇极了。

我和河莲还没来得及表达惊叹，老蓝就把这美丽的白伞高高举起，重重地抽在自己身上，于是，一股黄烟从老蓝油脂麻花的棉袄上腾起，好像在他身上爆炸了一颗手榴弹。高原上的风沙大，大家都是"满面尘灰烟火色"，军装更成了沙尘的大本营。这柄拂尘好像鸡毛掸子，把灰沙从军装布丝的缝隙里驱赶出来，抖在空气中，化成呛人的气流，随着寒风远去。老蓝用短短的胳膊挥着长长的银丝，围着自己圆柱形的身体，反复抽打着，直到把浑身打扫得如同河滩上一块干净的鹅卵石。

老蓝表演结束后，看着我们说，怎么样？

这是从哪儿搞来的？河莲不理老蓝的问话，追问感兴趣的话题。

老蓝说，是牦牛的尾巴啊。

我和河莲惊得几乎跳起来，说，牦牛的尾巴能做拂尘？

老蓝说，正是。你们不是亲眼见了吗！

我们又问，哪里有白牦牛啊？

老蓝得意起来，说，白牦牛就像白蛇、白猿一样，非常稀少。我在西藏多年，只碰见过一头白牦牛，浑身上下像是雪捏的。

你就把它的尾巴活活给割下来了？我战战兢兢地说。

不是我给割下来的。是我让牧民在这头牦牛老死的时候，把它的尾巴给我留下来，做个纪念。老蓝很认真地更正。

我从老蓝手里接过牦牛尾巴做成的拂尘，它仿佛有神奇的法力，扑打出那么多的灰尘，自己还是洁白如雪。想到它曾是一头巨大生物的尾巴，每一根银丝都好像具有灵性，在阳光下抖得像琴弦，我不禁肃然起敬。

我央告老蓝，你去对牧民说说，让他们也送我一条牦牛尾巴。

老蓝说，一个女娃，勤洗着点军装，身上哪有那么多土？实在脏了，找条手巾拍打拍打就是。一头牦牛只有一条尾巴，拂尘，难搞着呢。

我说，我不是要拿它掸土，是要把它挂在墙上。

老蓝说，干啥？当画？

我说，留个纪念。以后我回了家，会指着它对别人说，知道这是什么吗？它是牦牛啊！一个尾巴就这样震撼人心，要是整个现出原形，庞大得会让你腿肚子朝前。

老蓝说，你这么一说，我这个白牦牛尾巴也不用它掸土了。牦牛毛虽然很结实，也是掉一根少一根。掸土时再精心，也免不了伤了它。从今往后，我就把这牦牛尾巴当宝贝藏起来。探亲的时候拿出来，人家还以为我是从南海观音那儿借来的呢！

河莲一撇嘴说，谁那么傻！仔细闻闻，您这个掸子，牛毛味儿大着呢！

老蓝听了，真就把牦牛尾巴托到鼻子跟前，像猎犬那样闻个不止。我和河莲哈哈大笑起来，因为雪白长须挂在他的下巴上，太像唱戏的老生了。

老蓝说，嗯，是有点膻气。怪我当时洗得不干净。

河莲凑过去说，老蓝，我给你再洗洗怎么样？用我洗头发使的胰子，保证让您的牦牛尾巴从此香得跟茉莉花似的。

老蓝摆手说，那倒不必，东西还是天然味儿的好。你这个女娃心眼儿多，手脚勤快。不过，我看你是个无利不起早的人，说吧，有什么要求我办的事？

河莲说，老蓝你真是火眼金睛，怎么一下就把我看穿了呢？我要办的事一点也不复杂，就是你给小毕搞牦牛尾巴的时候，顺便给我也剁下一绺儿。

我说，河莲，你怎么抢我的？

河莲说，不是抢，是分个二分之一到三分之一的，无伤大雅。

我说，我的牦牛尾巴被你砍去一半，只剩下电话线粗细的一小撮儿，成什么样子？人家没准儿以为是马尾巴呢！

河莲说，那就叫老蓝多给我们弄些就是了。

老蓝气得说，谁答应你们啦？还闹起分赃不均！

我们又赶快哄他说，咱们换工吧。你若是给我们搞来了牦牛尾巴，我们就给你洗军装。

老蓝脸色像夏天的雪山，有了一丝暖气，说，那好吧。一根牦牛尾巴合一件军装。

我和河莲大惊失色，说老蓝你太黑！一柄拂尘少说也有几千根牦牛毛，这样洗下去，十个手指头还不搓得露出骨头来！

老蓝微笑着说，我的意思是，我给你们每人一柄拂尘，你们只需为我洗一件军装即可。

我很惭愧，觉得自己以小人之心度君子之腹。河莲到底深谋远虑，说您让我们洗的那件衣服，该不会是皮大衣吧？

老蓝说，普通的外衣，就是脖领上的油泥稍厚了些。

事情就这么说定了。老蓝是个说话算话的人，当我们催他把外衣赶快送来时，他总是不好意思地说，牦牛尾巴还没搞到，还是以物易物好，我不喜欢拖欠。

一天，老蓝提着麻袋来了，往地上一倒，一团黑白夹杂的毛发滚到地上。河莲说，天哪，简直像谋杀案里的人头。

老蓝说，这就是牦牛尾巴，剩下的事我就不管了，你们俩自己分吧，互相谦让着点，别打起来。

河莲说，老蓝你没有搞错吧，这团毛黑白相间像围棋子似的，是牦牛尾还是荷兰黑白花的奶牛尾巴？

老蓝说，你想得美！娇气的荷兰奶牛若还能在这海拔五千米的高原活着，挤出的就不是牛奶，而是牛骨髓了。这是地地道道的牦牛尾。

河莲说，那为什么不是白的？

老蓝说，我不是跟你们讲过了吗，纯白牦牛极其少见，这种黑白相间的也不多，算稀有品种呢。最大路的货是褐色的，还有黑的，没掸灰呢就显出脏，不好看。

我们只得谢谢他，然后自己开始洗涤和分割牦牛尾巴。

先用清水泡，再用碱水反复搓洗，最后用洗发膏加工，在阳光下晾干。直到抖开时每一根尾丝都滑如琴弦，柔顺地搭在我们的胳膊上，像一道奇特的瀑布。

河莲说，它黑的黑、白的白，好似中老年人的头发。虽说是珍稀品种，终是不大好看。我想，咱们能不能把黑白两色分开，一个人专要黑的，另一人专要白的。要知道有一句谚语说，单纯就是美。

我晓得河莲是很有谋略的，赶忙先下手为强说，那我要白的，你要黑的。

河莲说，我想出的主意，却被你占了先。好吧，谁让我年纪比你大呢，让你一回吧。

我们于是找来外科专用的有齿镊子，一根根地从牦牛尾皮上往下拽毛。河莲把黑色的归成一堆，我把白色的拢在一起。尾毛长得很牢实，像一根根长针扎进皮里，拔起来挺费力气的。但是一想起我们每人将有一把纯色的拂尘，我们干得还是很起劲儿，一边干一边聊天。

你说人的头发，除了黑的、白的以外，还有灰白的。牦牛尾毛要么油黑，要么雪白，怎么就没个中间色的呢？我说。

人的头发从黑变白，是渐渐老了呗。这头黑、白相间的牦牛，是天生的，所以不变灰。河莲解释。

我说，这头牦牛并不老，就死了。想起这个，我心里有点难过。

河莲说，牦牛死了，尾巴留给我们。它的尾巴那么美丽地活着，它就没死。

我说，人死了以后，也该有点美丽的东西留在世上啊。

河莲说，是啊。我们一定要给人间留点什么，才不算白活过。

正说着，我突然发现了一个致命的问题——牦牛毛拔下来以后，我们有什么法了，再把它做成一柄拂尘？

普通的拂尘制作工艺很简单，把长着牛毛的尾皮，直接钉在一根木柄上，在木柄上画点花草，再涂上一层清漆，就大功告成了。可是脱离了皮的毛，怎么钉在木柄上？

也许在特殊的工厂里，可以把单根的毛发，用强力的胶水粘到布或皮革上。但在荒凉的高原，我们没有任何办法！

河莲捶胸顿足，懊悔自己智者千虑，有此一失。不过，她很快恢复了镇静，说，事已至此，我们只有一个办法。

我忙问，什么办法？

她一字一句地说，把所有揪下的尾毛，都扔了。

我说，这算什么办法呢？

河莲说，而且永远不对别人说。咱们实在太蠢了。

我们沿着狮泉河走，把撕下的牛尾毛，挽成两个大大的毛圈，抛进清澈的河水。它们像两位黑发与白发美女的遗物，打着旋儿漂荡着，半个环浸入水里，半个环挂满阳光和风，好像水下有两只巨手托举着它们，缓缓地浮沉，漂向远方。

由于失误，剩下的牦牛尾巴再裁成两份，就比较单薄了。我们只有在木柄上多下功夫，精心打磨，请了画画最好的人，为我们各画了一幅雪山风景。别人见了，都说我们的牦牛拂尘，小是小了一点，但十分精致。

心情总算好起来。河莲突然又叫道，糟了！

我摸着胸口说，河莲你别一惊一乍的，我算叫你吓怕了。又有什么糟糕事？

河莲说，我们俩的牦牛尾巴是来自同一条牦牛，不但颜色是一样的，连毛发的根数都几乎相等，木柄也是同一个人画的，除了咱们两个以外，别人怎么能分清哪个是你的、哪个是我的？

我说，哈！这算什么事啊。你忘了咱们俩有一个巨大的区别了？

河莲说，是什么？

我说，你家在南方，我家在北方，我们以后把牛尾拂尘挂在自己家的墙上，隔了十万八千里，哪里会弄混！

河莲说，我真是糊涂了。这世上是没有两头一模一样的牦牛的，像我们俩这种黑、白相间的拂尘，注定也只有这两柄。以后，无论我们到了什么地方，都会记得这头牦牛，都会记得我们一起度过的时光。

这世上

是没有两头一模一样的牦牛的，

像我们俩这种黑、白相间的拂尘，

注定也只有这两柄。

走，到阿里去

　　新兵训练要结束了，分配就在眼前。大家心里都关心这事，可表面上显得很淡漠，没心没肺地打打闹闹。因为你要是特别表现出对去向的关注，别人会觉得你挑肥拣瘦，思想有问题。领导知道了，没准儿会特地把你分到一个倒霉的单位，制裁一下你呢。

　　我对这事想得比较简单，希望做一个通信兵。女兵基本上只有两个工种可挑——卫生员和电话员。卫生员要给病人端屎端尿，我一想就心中作呕。要是当着病人的面吐起来，是多么尴尬的事！通信兵就比较安稳，每天打交道的无非是塞绳和电线，都是不会说话的哑巴，当然省心了。

　　墙上有一幅油画，叫《我是海燕》，一个英姿勃勃的女兵，在漫天风雨中攀上高耸的电线杆,维修线路。狂风卷起她漆黑的短发,因为淋了水,橡胶雨衣显出乌鸦羽毛一般油亮的光泽,随风飘荡……她高喊着"我是海燕",这既是一句线路修复之后的联络用语,也充满了勇敢的象征意味,使我年轻的心激荡万分。油画的技术如何,我不知道,但暴风雨中的女通信兵成了我的青春偶像。我想,要是我当通信兵,力争比她干得还棒。打仗时,我会用两手把线路接通,让进攻的命令通过我的身体传达到火线,立个功给大家看。

在树林里,小如悄悄凑近我的耳朵说,这次有五个名额,分到阿里去。

我从这一句话里听出了两个问题:阿里是哪儿?你从谁那儿听说的?

小如拢拢耷拉到眼前的头发说,阿里是西藏的一个地方,听说海拔有五千多米呢,高寒缺氧,还有好多地方根本就没有人去过,号称"无人区"。

我吓得抽了一口凉气说,既然是无人区,要我们去干什么?

小如说,普通人当然没有了,但有国防军啊。听说那里以前从来没有女兵,这次是头一回。

我说,你的情报还挺详细,哪儿来的?道听途说还是你自己编的?

小如说,你还挺高看我的,这样机密的消息,我就是蒙着头想它个三天三夜，也编不出。是连长告诉我的。

我大吃一惊，说看连长那个严肃样，恨不能把我们都当成射击胸靶，怎会把兵家大事透露给你？

小如说，这事对你我是大事，对连长来说，不过小菜一碟。经他的手，把多少新兵送往四面八方啊。这是我给他洗军装的时候，随口问来的。

我的疑问更大了，说，小如，你再说一遍，你给谁洗军装？

给连长啊。小如清清楚楚地重复。

你为什么要给连长洗军装呢？他难道是个残疾人，自己没有手吗？我很纳闷，惊奇中又很不以为然，看不起她巴结领导。

小如坦然地说，每天训练回来，一身泥一身土的，谁像你似的，那么懒，帽子脏得像炸油饼的锅盖也不洗。我可天天要洗的，要不睡不着觉。好几次遇到连长，他一个男人家，洗衣的时候笨手笨脚，肥皂泡溢了一地。帮一下呗，顺手的活儿。在家的时候，我也净帮着我哥。

我大笑起来，原来你把连长当成了哥，他就向你透露军情。

小如说，没事闲聊呗，话赶话地就说到那儿了。

我说，请继续刺探下去，特别是通信兵和卫生兵的比例问题。

小如说，你干吗特别关心这个呢？我说，我讨厌卫生员这个行当，一天到晚遇见的不是病人就是死人，反正都是些没有笑容的脸，晦气啊。而且从根本上来说，我是一个缺乏同情心的人，所以，我不想穿白大褂。

小如反驳我说，当个医生多好！治好了一个病人，人家全家都感谢你，会记你一辈子的。

我说，你怎么光想好事？就不想想，若给人家治死了，全家都恨你，也许到海枯石烂。

小如说，为什么光想坏事？再说，你就不会把本事练得精点，别把人家给治死吗？

我说，天有不测风云啊。再说，人总是要死的，这是伟人说的……

我俩正拌嘴，果平跑过来说，你们躲在犄角旮旯儿，是不是正说我的坏话呢？背人没好事。

我们大叫冤枉。果平嘻嘻一笑说，既然不是说我的坏话，就把正说的话告诉我吧。要不我不信。

我看着小如。消息的主要来源是小如，不能喧宾夺主。小如是个好脾气，虽然她不想把消息散布得尽人皆知，但考虑到友谊至上，还是把所有的情报都告诉了果平。

我以为果平会激动得捶胸顿足，没想到她一撇嘴说，就这个啊，早嚷破天了。

我这才明白，有些消息的传播，是不需要"海燕"的。

果平接着说，连分配中卫生兵和通信兵的比例是九比一，也已是公开的秘密。

好像有千吨陨铁自九天坠下，正好砸到我的头上。我揪着果平说，你这话当真?

果平说，向毛主席保证!

这是一句极有威力的誓言，我再也无法怀疑它的准确性。

小如沉静地说，看来，只有极少数的幸运儿才能当上海燕，绝大多数都是小白鸽啦。

小白鸽是小说《林海雪原》中女卫生员的爱称。果平说，悲痛欲绝！我本来想若是一半对一半的比例，不哼不哈地等着，也许就会分我到通信站。没想到，事实这般残酷！

完啦！我彻底绝望，近在咫尺就有竞争者。我简直想变成老鹰，把小白鸽抓走几只。

河莲走过来说，这次分配最艰苦的地方是阿里。越是艰苦越光荣，我想写一份血书，你们谁与我同甘共苦？

果平说，哈！我只是在小说和电影里才看到血书什么的，没想到，真有人打算这么做！太棒了，我的血和你流在一起！

现在果平和河莲成一伙的了，神采飞扬地看着我和小如。

小如描绘的阿里，令我心惊胆战。要是分到我头上，那是没法的事，军人以服从命令为天职。可我不打算主动争取，那里离家太远了。再说，我的理想是当一个通信兵，阿里要的都是卫生员。我要写了血书，就从根上绝了成为海燕的希望。

不想宁静的小如抢先说道，我写血书。

一下子局面成了三比一，我变成失道寡助的少数派，心里不由得有一点慌。想想海燕飞舞的雨衣，我咬着牙坚持道，你们要写就写好了，反正我是不写的。

果平和河莲有些失望，但她们毕竟人多势众，便不理我，一齐商量血书的操作规程。因为以往只是听人家说，真到了自己演练的时候，才发现有许多具体的步骤很朦胧。比如用什么部位的血呢？当然是用手指头上的血来得方便，可是"十指连心"，一想到要把好好的手指头扎一个洞，挤出血来，大家都直抽冷气。

我在一旁待着，有些尴尬，走不好，继续留下，好像也不伦不类。我胡乱找个由头要溜，小如却拼命扯我的袖子，要不是军装缝得格外结实，简直要揪出个窟窿。

我说，你到底要干吗，跟抓壮丁似的。

小如说，上厕所啊。咱们俩一起去吧。

我们的厕所离得很远，大概总有几百米的距离，这样，每次方便就有了散步的性质。两个好朋友一边走一边说，讲到开心处，有时真希望厕所修得更远一些，或者多喝几杯水，制造出更多上厕所的机会。

就算我和她们成了血书和非血书两个阵营，也不能拒绝要同你一道上厕所的朋友吧?

我和小如默默地往前走。

小如说，你真的打定主意不写血书了?

我说，是。

小如说，其实也没什么，不过就是疼一下子。别人都能忍过去，偏你就不行?

我说，也不光是个疼的事，大不了就像得一回肠炎，再说得邪乎点，就算悲惨地拉了一场痢疾，一咬牙一跺脚也就过去了。

小如笑起来说，我看，你对医学还懂点门道。

我说，我一辈子就得过这么两种病，疼痛如绞，记忆犹新。

在靠近厕所的地方，小如停下脚步，板着脸说，既然你不怕，我看你还是写血书的好。

看着她的严肃样，我很惊诧，因为她平时总是笑眯眯的，姐姐一般温柔和气，这是怎么啦?

小如看出了我的心思，小声解释道，我听连长说，他就是要用敢不敢主动要求去阿里来考验一些人。要是你主动要求了，也许就不让你去了，会特地按照你的爱好，分你一个想去的地方。要是你缩手缩脚地不表态，往后躲，就偏让你去。

我好似被人兜头灌了一脖子的冷水，脊梁骨变成一根又硬又直的鱼刺，梗在那里，回不过弯儿。原想革命大家庭温暖和谐，不想还有阴谋埋伏在里面。

我一急，结巴起来，说，河莲她们……都是……知道了，才故意……是吗?

小如说，我不知道，也不愿瞎猜。估计她们不明白这里的奥妙，真是一腔热血。你想啊，连长是多么精明的一个人，哪里能让大家都摸了他的底牌，那他的试验还有什么意义呢?

我稍微缓过一点神来，淡淡地说，热血也好，冷血也好，反正我是不打算写血书的。

小如说，我把话都说到了这个份儿上，看在咱俩是好朋友，才把这天大的秘密告诉你，你怎么就这样不开窍！

我说，小如，你是一番好意，我领情了。我要是不知道这个底细，也许你劝劝我，我也会写的。可我既然知道了，我是说什么也不写的。我不想当卫生员，我不愿去阿里，我也不做这种装样子的事。

小如急了，说，你怎么这么固执呢？大家都写了，就你一个人不写，不就显得你太落后了吗？你写了吧！连长私下问过我愿到哪里去，说他可以照顾我。我反正只是想当个医生，这回学医的名额多得很，我也不需要他特别为我做安排，我求求他，让他分你去当海燕。

我一把捂住小如的嘴说，你别侮辱了我心中的海燕。

小如气得眼眶里注满了泪水，说，小毕，你这样不懂别人的心，我是为了你好！

我说，小如，你的这份情谊，我会永远记得。只是我不能违背自己的心愿做事，你该理解我。

往回走的路上，我们一句话都不再说了，因为所有的话都已经说完。我们看着远方，那里有很多云彩，像棉花垛一般笔直地堆积着，渐渐地高入遥远的天际，在云的边缘，就形成了峭壁一般险峻的裂隙。云像马群一般飞腾着向我们扑过来，粗大的雨滴像被击中的鸟一样，从乌云里降落下来，砸到我们的帽子上，留下一个个深绿色的斑点。

快回去吧。我对小如说。

这儿的雨和内地的雨不一样。我家乡的雨，很细很小，牛毛一般。你要是不留意，好像觉不出来似的。但它的后劲儿很大，你在雨中走一会儿，全身的衣服都会湿透，阴冷会一直沁到骨头缝里。这儿，雨来得很猛，可是这一颗雨滴和那一颗雨滴之间，隔得很远，简直能跑一只骆驼呢！小如说。

我不知她为什么要说这些关于雨的没什么意思的话。从领新军装那天起，我们就是要好的朋友。但我拒绝了她最后的忠告，分手就在眼前。可能她不愿伤感，才故意找个轻松的话题吧。

整个连队掀起了如火如荼的写血书运动。我本想离这件事远一点，后来才发现完全躲不开。这个屋子的人在写，那个屋子的人也在写，你总不能老是待在操场上像长跑运动员一般乱转吧。这是一件让人可以充分发挥想象力的事，大家八仙过海，各显其能。手指上的血量很少，再加上很快就凝固了，根本就没法写字。后来就有人割腕取血，血虽然多，但那女孩子脸色苍白，一副快要晕过去的样子，把老兵班长吓得不轻，坚决制止了此类盲动行为。后来不知是谁，发明了一种节约而科学的方法，用少量的血，掺上一部分红颜色，再兑上水，就调成了一种美丽的樱红色，写出字来艳若桃花。

我东跑西颠，把大家的发明创造互通有无，像个联络员。

终于到了最后分配的日子，不想，连长陷入了困境。因为写血书的人太多了，也闹不清谁是最勇敢、最忠诚、最大无畏的。连长不愧足智多谋，他把堆积如山的血书放在墙角，开始实施新的选择方案。

那是一个晴朗的日子，扎着武装带的连长，像一株笔直的白杨站在操场中央，对所有的女兵大声发布命令——面向我，按个子高低，成一路横队集合！

我们都愣了一秒钟。这是一道古怪的命令，想想吧，一个连两百多人呢，平常都是成几路横队或几路纵队集合，方方正正才像队伍。就算连长萌发新招，编成一路纵队也够标新立异了。现在可好，一路横队，士兵像鲫鱼似的一个挨一个要排出多远！还要按个子高矮，真是复杂啊。

但命令，谁敢不服从？片刻犹豫之后，大家都开始迅速寻找自己应该站的位置。其中又发生许多混乱，女兵招收时对身高要求很严格，个头集中在一米六到一米七之间，同样身高的人，少说也有十几个，实在难分上下。于是彼此推推搡搡，各不相让。还有的人，入伍时测的身高，这一两个月过去了，部队的伙食好，又蹿起一截，按照旧印象排队，显然比旁人高出个脑袋尖儿，就得重新调换地方。还有的人因为胖瘦不同，引起视觉上的误差，非得背靠背地比了高矮，才能分出伯仲，难度不亚于一道数学题。

操场上吵嚷得像个蛤蟆坑，要是往日，连长早火了，非大声呵斥不可。但今天他竟是出奇的好脾气，由着女孩们颠来倒去地比量，直到每个人找好了自己的位置。

队伍排得实在惭愧，因为太长，形成了一个大大的"S"形，好像一道漫长的绿色篱笆，被大风吹过，前拱后弯。依连长往常的性子，必得让解散了，重新集结。但这一回，连长的容忍度极好，犀利的目光像梳子，从队头刮到队尾，又从队尾刮到队头，仍是什么话也没有说。

我偷着往四处瞧了瞧，好朋友都彼此隔得很远，大家是一片茫然，不知道连长玩的什么把戏。

连长调整了一下自己的位置，主要是大踏步地向后面退去，然后立定。他像一个等边三角形的顶点，在远远的地方，严峻地注视着我们。他那双猎鹰般的眼睛，睁得很大。

待他看到队伍自发地调整为笔直以后，温和地发布了第一道口令：单双数，报数！

每个女孩子都竭尽全力把数字报得很响，记得我是"二"。说句实在话，我不喜欢"二"，比较爱好的是"一"。报"一"的时候，嘴咧得很开，音波清脆嘹亮，好像时刻在微笑。报"二"就不同了，上下唇基本不动，喉咙里发出古怪的一声，好像吃多了白薯，打嗝似的。想想看吧，古代的故事里，老大总是勤劳勇敢的，老二多半又懒又馋。

唯一可以安慰自己的是，我听到河莲、小如和果平，报的数也都是偶数。人嘛，只要有和自己同命运的好朋友，就有了安慰。

大家注意，听我的口令，偶数——向前——一步——走！连长拖长了嗓门儿，发布新的口令。

于是，大约有一百个女孩向前迈出一步。这样，操场上就有了两条彼此等长的队伍，像一个巨大的等号。

大家都不知道连长葫芦里到底卖的什么药，充满人的操场显出了异样的安静，好像一片旷野。

连长又让我们继续报数。他稍微变了一下方式，不再是把我们分成一、二两组，而是让大家一五一十地报，然后命令逢五逢十的人向前迈一大步，好像农村赶集时挑选的日子。这时迈出向前的人显著少了，好像间过苗的庄稼，又被田鼠吃了一些秧苗，隔好远才稀稀拉拉地有一个人。

人们越发莫名其妙，连长当然不作任何解释。他按照自己的预定方针，继续发布命令，让站在队伍最前列的那排人，按一定规律报数，然后命令逢到某个特定号码的人向前迈步……几番操作下来，剩下的人越来越少，大家的好奇心也越来越强烈了。

现在，站在最前列的只有五个女孩子了。我很想看看都是谁，可是不行。连长的目光像探照灯一样盯着我们，只要你稍微拧一下脖子，立刻就会被他发现。

连长走到我们面前，对着我们五个人，也对着操场上所有的女兵说，现在我宣布，站在最前列的这五名，光荣地被选为第一批奔赴西藏阿里的女战士。这是她们的光荣，也是我们所有人的荣耀。让我们以热烈的掌声，欢送她们走上共和国最高的国土……

掌声暴风雨般地响起来，缠绕我们许久的问号，就被连长用这样宿命的方式，三下五除二地解决了。

连长接着用毫无感情色彩的语调，念出其余人的分配名单，对谁都是一视同仁。

直到这时，我才有胆量偷偷斜了旁边一眼，哈！果平、小如、河莲都和我并排站着，还有一个瘦弱的小姑娘，站在队伍的尾巴上，她叫苏鹿鹿。

和朋友们在一起的狂喜，冲散了我不愿当卫生员的愁云。况且，我也想通了，即使我不被分配到西藏去，也很难保证能当上海燕。听天由命吧，也许我的命里注定，必须要在工作中见到许多呻吟的人。不管怎么说，就算上班的时候愁眉苦脸，下班以后可以和伙伴们开心一乐，也该知足啊。

解散以后，大家立刻把我们几个围起来，充满好奇之情，好像此刻的我们已和大家有了显著的不同。

我大叫，不要这样对我们虎视眈眈好不好？好像我们不是要到阿里去，是从阿里已经绕回一圈似的。

大家就笑起来说，毕竟你们是要到那么遥远的一个地方，仿佛去另一个星球。到了那里，千万记得要给我们写信啊。

我说，你们那么多人，我怎么写得过来？等我以后当了作家，写一本书，你们大家传着看吧。

大家就笑个不停，说这个家伙多么会吹牛啊。

连长走过来，大家的笑声立刻消失了，等着听他的指示。连长不看大家，单对我们五个说，现在，你们已经是西藏阿里边防部队医院的战士了，我们已经用电报通知了那里，那边工作很忙，要求你们立即上山。

我小声嘟囔了一声，为什么不用电话呢，那可比电报要快得多啊。

连长看着我，说，那里不通电话。我们只能用最简练的词句，把最多的内容用无线电波传递上去。

大家都不由自主地吐了吐舌头。连长并不理睬我们的惊讶，也不看大家，只是对着我们五个人说，上山的路途艰难而遥远，你们要做好充分的思想准备。为了领导方便，你们要选出一个班长来。

大家面面相觑。自当兵以来，凡事都是领导指定，今日为何民主起来？

河莲最先说出我们的心里话，选什么？连长看着谁合适，就让谁当呗！

一向说一不二的连长破天荒地缓缓说道，从现在开始，我已不再是你们的连长，你们已经完成了新兵的训练课目，就要走上工作岗位。希望你们能够记住这一段岁月，它是你们军旅生涯的开端。

大家的鼻子就有些酸，感觉到分手就在眼前。想想连长虽说严厉、偏心，但也有可敬可爱的地方。比如这一次分配，就并没有利用自己手中的权力做什么特意安排。他宁可用一种概率的方法来决定大家的命运。

我们伤感了一会儿，才发觉班长的人选问题并没有随着心情的变化而解决。小如最先打破沉寂，说，我看就选小毕吧。

我吓得大喊，不同意！不同意！

大家齐刷刷地问我，为什么？

我说，谁不知道班长是军队里最小的官啊，当不当的，实在也说明不了是否进步。可吃苦在前，享受在后，身先士卒是第一位的。我这个人，从骨子里就比较怕苦怕累，要是有别人给我做了榜样，带领着我向前，基本上还算一个服从命令的兵。要是想让我冲锋在前起到某种表率的作用，实事求是地说，我做不到。

大伙看我这副不堪重任的样子，也就不勉强我。但总得有个班长啊，连长等得不耐烦了，直搓手掌。我说，我提个人，你们可不能说我有私心。好不好？

大家说，真啰唆。没人议论你，快提吧。

我说，刚才小如提名我当班长，现在我再提她，好像有点互相吹捧的意思。我可真的是出于公心地认为，小如是班长的合适人选。她温柔细心，组织纪律性强，关心爱护同志，还爱给别人洗衣服……

大家笑起来，说同意同意，就小如啦！

连长大手一挥，宣布说，奔赴西藏阿里的女兵班现在组建完成，还是由小毕担任临时班长。

走，到阿里去！我们五个女孩手拉起手。

走，到阿里去！

在雪原与星空之间

拉练的夜晚，我们在雪原与星空之间露营。

两顶雨布搭的帐篷很窄小，像田野中看秋的农人用玉米秸支的小窝棚。我和小鹿头脚相对，用体温暖和着对方。刚躺下的时候，根本睡不着。平日柔软的被子，此刻变得铁板一样冷硬，被头像锐利的铁锹头，直砍我们的脖子。棉絮好像变成了冰屑，又沉又冷地压在身上。

这是怎么回事？被子被施了妖法？小鹿在对面瓮声瓮气地说。

我本想看看她，但沉重的负担使我没法抬起头来。为了保暖，我们把所有的物品，比如十字包、干粮袋、皮大衣，包括毛皮鞋，都堆在被子上面，像一座拱起的绿色坟堆。此刻，要是有一双眼睛从帐篷外窥视我们，一定以为这是军需品仓库。

我说，被子又不是暖气，自己不会产生热度。它像个水银瓶胆，装进开水它就热，放根冰棍它就凉。我们在零下几十摄氏度的气候里行军，被子的温度当然也是零下了。不能着急，得靠自己身体的暖气，把被子焐热，才会觉得暖和。

小鹿说，只怕到了明天早上，我们还像两条冻带鱼一样，舒展不开手脚。

我说，反正也睡不着，咱们就说说在高原露营的好处吧。

小鹿说，有什么好处？硬要说，第一个好处就是让你不但不困，而且精神抖擞。

此话千真万确。不管你行军多么疲劳，在越来越深的午夜中，寒冷的空气好像不是吸入肺里，而是进了胃，化作无数薄荷糖，让你从里往外透出绿色的清醒，神志警觉无比。

我说，可惜这是以第二天的疲倦为代价，要不然，真该推荐所有的科学家都到高原来工作，人类的伟大发明一定会成倍增加。

小鹿说，第二个好处是空气新鲜。城里的空气被人的鼻子滤过千百遍了。这里的空气从没有人呼吸过，就像从没污染过的泉水。你说是不是世界一绝？

我说，空气倒是很新鲜，只是它里面的氧气含量很少。这就像一种外表很美丽的果子，里面的果仁却又瘦又小。营养太少，中看不中用。

小鹿说，这话可不对。你敢说这里的空气不中用？那你把头钻进被子里，再捏住鼻子。要是你能支撑三分钟以上，明天我帮你背手枪。

我说，我当然不敢把头埋进被子，你的脚太臭了。至于手枪，你别卖假人情。你知道规定是人不离枪、枪不离人的。

小鹿说，谁的脚要是在这种滴水成冰的时候，还能出汗，一定是赤脚大仙托生的。不信你试试！百见不如一闻。

我不想扫小鹿的兴，就把头缩进被子，但根本不喘气，然后很快地探出头来，说，喔，真的没什么味儿了。

小鹿很高兴，说露营的第三个好处是，可以增长你的天文学知识。你看，天上的星星亮得像猫眼！

我们的雨布虽然薄，但没破洞。只有从两侧的缝隙中，观察星空。铁锹做的帐篷杆和雨布的边缘构成的间隙，很不规则，像是一幅抽象图案。

我说，根本看不到天空的全貌。从我这个角度，北斗七星只能看到一个勺子把儿，牛郎只挑了一个孩子，那个丢了。

小鹿说，你以为我这儿完整吗？银河基本断流，蟹状星云变成了对虾的模样。

我说，哎哟，真了不起，还知道星云。

小鹿说，我妈妈最喜欢天文了，从小就教我。

于是，我们半天都不说话。最后还是小鹿打破了沉默，说我们别说妈妈，那样说一会儿就会流泪的。还是说星星吧。

我赶快拥护，说，就形容自己看到的天和星星的模样吧。

小鹿赶快说，好。

想念亲人就像大海中危险的台风眼，我们思维的小船要赶快掉转航向，飞速离开。

我摇头晃脑端详了半天说，从我这个角度看天空，它的轮廓像一棵宝蓝色的树冠，树上结着许多银色的榛子。

小鹿说，从我这边看哪，天空的形状像一件天蓝色的礼服，那几颗最明亮的星星，就是礼服上的银扣子。

我调整了一下姿势，又说，从我的铁锹把儿侧面看过去，天像一扇敞开的钢蓝色大门，星星就是门上凸起的门钉。

小鹿也扭了身子说，我有一个比喻，你可不要笑我。你答应了，我就说。

我说，只要风和雪不笑你，我才不管呢。

小鹿说，从我这儿看上去，天空像极了一头蓝色的奶牛。那些凸起的星星，就像奶牛的乳头，它们离我们这么近，好像一伸手就可以摸着。用嘴吸一吸，就会有蓝色的乳汁流出来。

我笑起来，说，小鹿，你是不是饿了或是渴了？

小鹿说，你一提醒，我才想起雪原上露营的最大好处，那就是你随时都有冰激凌吃。

小鹿说着，伸手到褥子下面去抓，我听到类似野兽爪子搔扒的声音，再以后是积雪被挤压的声音，最后是小鹿咯吱咯吱的嚼雪声和牙帮骨大肆打架的声音。

我们的身下，枕着一尺厚的白雪。领导宣布在这里露营以后，我埋头用铁锹拼命挖雪，一会儿就在身边堆起一座小雪山。领导走过来说，你这是干什么？

我说，把雪挖走，才能把铁锹埋进土里当支柱，把帐篷支起来。

领导说，你这个傻女子。雪下面是冰，睡在冰地上，明天你的关节就像多年的螺丝钉淋了水，非得锈死不可。

我说，冰和雪还不一样吗？

领导说，当然不一样了。雪是新下的，并不算冷。你没听俗话说过，下雪不冷化雪冷吗？雪底下的永冻冰层，那才是最可怕的。睡在雪地上，就像睡在棉花包里，很暖和的。

我半信半疑，但实在没有力气把所有的冰雪都挖走，清理出足够大的面积安营扎寨，只好睡在雪上。这会儿看小鹿吃得很香，不由得也从身下掏一把雪吃。为了预防小鹿汗脚的污染，特地选了我脑袋这侧的积雪。

海拔绝高地带纯正无瑕的积雪，有一种蜂蜜的味道。刚入口的时候，粗大的颗粒贴在舌头上，冰糖一般坚硬。要过好半天，才一丝丝融化，变成微甜的温水，让人吃了没够。

一时间我们不作声，吭哧吭哧地吃雪，好像一种南极嗜雪的小野兽。我说，小鹿，你把床腿咽进去半截了。

小鹿说，你还说我，你把床头整个装进胃里了。

我们互相开着玩笑，没想到才一会儿，我和小鹿的身体就都像钟摆一样哆嗦起来，好像有一双巨手在疯狂地摇撼着我们，这才感到雪的力量。

小鹿……我们……不能再……吃下去了，会……冻死。我抖着嘴唇说。

小鹿回答我，好……我不吃了……我发现，雪是越吃越渴……

我们把自己缩成小小的一团，借以保存最后的热量。许久，许久，才慢慢缓过劲儿来，被雪凝结的内脏有了一点暖气。

我有点困了。小鹿说。

困了就睡呗。我说，觉得自己的睫毛也往一起粘。

可是我很害怕。小鹿说。

怕什么？我们的枕头下面有手枪。真要遭到袭击，无论是鬼还是野兽，先给它一枪再说。周围都是帐篷，会有人帮助我们的。我睡意蒙眬地说。

小鹿说，我不是怕那些，是怕明早我们起来，会漂浮在水上。

我说，怎么会？难道会发山洪？

小鹿说，你是不是感到现在比刚才暖和了？

我说，是啊。刚才我就觉得暖和些了，所以才敢吃雪。吃了雪，就又凉了半天。现在好像又缓过劲儿来了。

小鹿说，这样不停地暖和下去，还不得把我们身下的雪都焐化了？明天我们会在汪洋中醒来。

我说，别管那些了，反正我会游泳。

小鹿说，我不会。

我说，我会救你的。你知道在水中救人的第一个步骤是什么吗？

小鹿说，让我浮出水面，先喘一口气。

我说，不对。是一拳把你砸晕，叫你软得像面条鱼。你这样的胆小鬼，肯定会把救你的人死死缠住，结果是大家同归于尽。把你打晕后，才可以从容救你。

小鹿说，求求你，高抬贵手，还是不要把我砸晕。我这个人本来脑子就笨，要是你的手劲儿掌握不准，一下过了头，还不得把我打成脑震荡，那岂不是更傻了？我保证在你救我的时候，不会下毒手玉石俱焚。

我说，哼，现在说得好听，到时候就保不齐了……

小鹿说，我们是同吃一床雪的朋友，哪儿会呢……

我们各自抱着对方的脚，昏昏睡去。

起床号把我们唤醒的时候，已是高原上另一个风雪弥漫的黎明。我们赶忙跳起，收拾行装。待到我们把被褥收起，把帐篷捆好，才来得及打量一眼昨晚上送我们一夜安眠的雪床。

咳！伤心极了，我们太高估了人体微薄的热量。雪地上不但没有任何发洪水的迹象，就连我们躺卧的痕迹也非常浅淡，只有一个轻轻的压痕，好像不是两个全副武装的活人曾在此一眠，而是两片大树叶落在这里，又被风卷走了。只是在人形痕迹的两端，有几个不规则的凹陷，好像某种动物遗卜的爪痕。

那是我们半夜吃雪的遗址。

海拔绝高地带
纯正无瑕的积雪，
有一种蜂蜜的味道。

冰川上有毒蛇咝咝声

在高原上，爬山是家常便饭。就像你住在六楼，怎么能不爬楼梯呢？在拉练的日子，攀登更是必备的功课，几乎每天都要爬山。

爬山的实质，是人和地心引力做不懈的斗争。你用自身的体力，挣脱大地对你的控制，使自己向着太阳升去。如果你背的东西比较多，或者比较胖，那就更倒霉了，你不但得付出和别人一样的努力，还得加倍拼搏。因为那些东西和你多长出来的分量，都像秤砣一般拖着你的腿，逼你后退，你必须像扶老携幼的壮士，带着这些重量一道攀上高峰。

爬山的时候，喉咙会一阵阵地发出腥甜的味道，好像有一条流着血的小鱼卡在那里。按说，这很没道理，因为爬山时最辛苦的是手和脚。手要紧紧地扒住裸露的山岩，无论多么尖锐的石缝，为了有稳固的支点，你都必须把手指插进去，好像在坚硬的墙壁上钉入十根铁条。脚像螃蟹的爪子，要么尽量向两侧伸展，以扩大身体和山石接触的面积，一旦发生下滑，可以最大限度地增加摩擦力；要么利用脚骨的斜面，把它变成没有知觉的木橛子，深深插入岩缝，就像在巨幅画像下钉两根巨钉，才能保证悬挂着的身体突然坠下时可挽救危局。至于躯干，恨不能生出壁虎似的吸盘，牢牢粘在悬崖上。爬山使人体的各部分紧急动员，所有功能都充分调动起来，肌肉高度紧张，神经分外敏感。此刻的每一瞬间，都执掌着人的生生死死。

说起来，喉咙也很要紧，因为它是气道。爬山需要消耗大量的空气，就像前方在打仗，公路上运输的弹药物品就格外多。要是供不上气，手脚必得瘫痪。偏偏高原上稀少的就是空气，喉咙就得拼命工作，那种甜腥的感觉，一定是喉咙的某条微血管崩裂了，沁出鲜血。

一天，行军路上遇到一座险峻的高峰。尖兵报告说，曲折的冰崖阻住通路，攀登极为困难。领导给我们每人发了一条登山绳，让死死系在腰上。

干什么用的？这绳子看起来还挺结实。小鹿说。

这是结组绳。你们三个人把它系好，就成了一个结绳组。领导指指小鹿、我和河莲。

什么叫结绳组？小鹿还问。

小鹿，你怎么这么笨？结绳组，顾名思义，就是用绳子把咱们三个结成了一组。从今以后登山时生死与共。要活大家一块儿笑，要死一起成烈士。河莲快人快语。

领导点头不语，看来河莲解释得不错。

那咱们就成了刘、关、张桃园三结义，恨不同日同时生，但求同日同时死啦！小鹿兴奋得两眼放光。

领导不爱听，说，这只是万一时的紧急处置措施，不要动不动就说死的事，你们还年轻。

河莲思忖着说，要是小鹿掉下去了，还比较好救。她反正分量轻，一把就拽住了。要是小毕嘛，就有点危险，那么重。她要是万一失脚，只怕一个人会把我们两个都拖入深渊，同归于尽。

我说，不就是因为我的吨位比较大，你们就这么害怕吗？好啦，我好汉做事好汉当，要是出现了可怕的事情，一定不会连累你们。我会自动把结组绳解开，和你们脱钩，一个人滑下去好了。

领导说，不许乱讲。真到了那种时候，更要同心协力，两个人的力量怎么也比一个人强。团结就是力量嘛！

河莲说，我和小鹿这就在腰里装些石头，提高自重，救小毕的时候把握大些。

我说，不定谁救谁呢！

大家说笑了一会儿，一根绳子让我们格外地亲近起来。

拉练已经进行了许久，我们对爬山也司空见惯。因为第一天行军就出现险情，领导调整了女兵背负的重量，让军马代我们驮一些装备。在后面的行军里，我们基本上可以保证不掉队了。我们自觉已是老兵，对山也有些满不在乎起来。

等到那座陡峭的冰峰矗立眼前，我们才知道，自己又一次低估了山的庄严和伟大。

它横空出世，好像盘古开天辟地时丢下的一根冰棍，高耸入云，经过亿万年冰雪的滋润，长得庞大无比，晶莹剔透。人踏在上面，像一只甲虫爬过，不留一丝痕迹。

队伍拉开距离，开始攀登。小鹿在最前面，我居中，河莲殿后。结组绳松弛地连接着我们，像一根保险索。在通常的时候，它并不影响我们的动作，只是无声地跟随着我们，好像听话的小狗。

爬山这件事，在没有出现险情的时候，基本上是你一个人单独挑战大自然。你和大山徒手格斗，每向上前进一尺，都是一个新的回合。你一步一步升高，山就一步一步退却。但山可不是好惹的，嫌你惊扰了它绵延千万年的安静，抽冷子就会给你一点颜色，让你措手不及。要是处置不力，也许就会在瞬息间，以生命作为疏忽的代价。

我仰望山顶，上面有松软的冰雪，看起来离我们很近。我想，顶峰上的雪和别处的雪，一定有很大不同。要不然，它们为什么会落在山顶，而不是在山腰呢？就像深海和浅海的鱼是不一样的，高山上的雪更神秘。我一定要尝尝山顶上的雪。

我们爬啊爬，谁也不说话。不是不想说，是不能说。因为一说话，分散注意力，容易发生意外。还有一个原因，雪像音乐厅里特制的墙壁一样，有很好的吸音效果，让你的声音像蒙在棉絮里呻吟一样，传不远，说起来很吃力。但是冰多的地方，又当别论。平滑的冰是音响良好的反射体，相当于大理石板，会使你的声音发出清澈的回音。我们此刻能发出的最大声音，是不停的喘息声。

爬啊爬，距离山顶好像只有五十米的距离了。我们费尽千辛万苦爬过这段距离，发现山顶还骄傲地耸立在五十米之外，漠然地俯视着我们。高原上稀薄的空气发生折射，使距离感变得虚无缥缈，引人错觉。我们并不懊丧，只是坚忍地向前，向上……爬山很能锻炼人的耐力，在攀登的队伍中，你像一支射出的箭，只能一往无前地努力挺进，绝无后退的可能。

我看见有一些鲜红色的小珠子，从我的嘴边滚落。我知道那是我把嘴唇咬破了，鲜血流了出来，马上又被严寒冻成固体。我一直不由自主地咬着嘴唇，好像那样就可以使自己积聚力量，保持高度的警觉，提高对付突然危险的能力。

在攀登中，人的思想变得很单一，就是抓牢山岩，不要被山甩下来。这样爬得久了，容易想别的事情。我想，祖先创造"爬"这个字，真是英明。它原本一定是预备形容野兽用的，爪和巴，表示所有的爪子，都紧紧地巴在地上，才能完成这个动作。我想，我的二十根脚趾和手指，都是大功臣。假如没有它们劳苦功高地揪住山的毫毛，我一定像块圆圆的鹅卵石，叽里咕噜地滚到山涧里去了……

在我们就要到达山顶之前，我突然听到一种奇怪至极的"咝咝"声，好像毒蛇的舌头在搅拌空气。当然，这是绝不可能的，阿里高原因为酷寒，是没有蛇的。就算有蛇，也绝不可能在冰天雪地里生存。恐怖的声音到底来自何方？没容我思索，腰间仿佛挨了致命的一击，猛地抽紧，勒得我喘不过气，一股螺旋般的下坠力量，像龙卷风一样吸住了我，裹着我迅猛地向山底滑去。

我在极端的恐惧中明白了——那毒蛇般的声音，是结组绳快速收紧、摩擦冰面的响声。河莲遇到了巨大的危险，正在滑向深渊。随即我看到小鹿在我的上方，也被绳揪动，开始了危险的下滑。

这就是结组绳的力量。它把我们三个联成一个统一的生死与共的集体。要么共赴深渊，要么同挽狂澜。

稳住！一定要稳住！我听见河莲在喊，小鹿在喊，我也在喊……其实，那一瞬什么声音也没有，只是我们生命的本能在发出共鸣。我们被惯性拖着向下滑，就像坐滑梯，越到后面力量越大。当务之急是拦住我们的身体，阻止致命的下滑。

我们每个人都像八脚章鱼一般，拼命扩大自己与山体接触的面积，以增加摩擦力。见到任何一条岩缝，都毫不犹豫地把手脚插进去，鲜血直流却毫无知觉。脚蹬掉一块又一块石头和冰块，听它们发出震耳欲聋的轰鸣声。七手八脚飞快地做着霹雳舞中类似擦窗户的动作，由于极度奋力，动作扭曲得可怕。我们甚至把脸也紧紧地贴在冰面上，利用凸起的鼻子和眉毛，使身体滑动的速度减慢……

终于，恐怖悲惨的下滑停止了。河莲被一块冰凌阻挡在半山，我们从死神手里赢回了关键的一局。

我们彼此看了看，脸色都像铁一般，冰冷坚硬。擦破的地方并没有鲜血流出，它们被冻住了，成了淡红色的冰。哈！我们还活着！这是多么值得庆贺的事情啊！我们揉揉脸上冻僵的肌肉，彼此做个鬼脸。我抖了一下结组绳，沾满冰凌的绳子发出嘣嘣的声响，好像一根巨大的琴弦，也在为我们高兴地叹息。

剩下的事，就是继续攀登。经历了一次生与死的模拟演习，我们更小心地珍惜生的权利。

爬啊爬……我几乎已经不去想顶峰的事了，只是机械地爬……突然，眼前一亮。整整几个小时，我的眼帘里除了冰雪还是冰雪，我们已经忘记了世界上还有其他的颜色。一片极大的蔚蓝色，像大鸟的羽毛，无声地将我覆盖。阳光温暖地抚摩着我的额头，把一种让人流泪的关怀，从九天之上无边无际地倾倒下来。

啊，顶峰到了！

顶峰是很小的一块地方，眼前一片凄凉的空寂，什么也没有。不，不对，这里有太阳和风。太阳在比你更高的地方，孤单地悬挂着，等着你来做伴。风几乎是和你一般高矮，掠着你的肩膀和头发飞过，好像要把你征服山的消息带到远方。我捏了一小撮儿雪，没敢取太多。我想山顶上的雪，必有一种神圣的魔力，我应该给其他登上山顶的人留一些。伸出舌头舔了一下，遗憾得很，山顶的雪和别的地方的雪，味道是一样的。如果一定要找出它有什么不同，那就是有一点咸、有一点甜，那是我咽喉的血混到里面了。

我站在山顶的时候，小鹿在下山的路上，河莲在上山的路上，结组绳像金字塔的两条边长，山顶暂时成为它的制高点。我轻轻抽了抽绳子，她们都感觉到了，给了我一个回应。

我感觉到这是我们的生命之绳。山是不能征服的，我们爬上了山，我们又迅速地离开了山。我们只是山的匆匆过客。当我们还不曾来到这个世界的时候，山就存在了。在我们已经不存在的将来，山依然存在。和山相比，我们是那样渺小，可人也是很伟大的，以我们渺小的身躯，由于努力和团结，我们终于也有一瞬，站得比山更高，群山匍匐在我们脚下。

我又向四周张望了一下，然后下山。不知为什么，登上山以后，人很容易感到心里空荡荡的，好像把一种很宝贵的东西安放在雪山之巅了。

我们默默地下着山，不断地对付着险情。俗话说，上山容易下山难。上山的时候，容易避开危险。下山则不然，脚心也没长眼睛，一不小心就出问题，有几次我失足下滑，要不是结组绳帮助，也许就会像在幼儿园滑滑梯一样，一直滑到雪山的肚子里，再也不见天日。

下了山，重新回到坚实的土地上，我们把结组绳解开，回头仰望高山，几乎不相信我们用自己的双脚，把它一尺尺量过。但结组绳上的冰雪可以做证，我们以集体的力量，曾经到达过怎样的高度。

我们已经忘记了世界上还有其他的颜色，

一片极大的蔚蓝色，

像大鸟的羽毛，

无声地将我覆盖。

阳光温暖地抚摩着我的额头，

把一种让人流泪的关怀，

从九天之上无边无际地倾倒下来。

闭合星云之眼

青年时代，我曾经有一段时间是一个悲观主义者，这也许是和我在西藏高原的经历有关。高原太辽阔了，人力太渺小了。雪峰太久远了，人生太短暂了。有时真是生出无尽的悲哀，觉得奋斗有什么用呢？百年之后，不还是一抔黄土？一个人的力量太微薄了，太平洋不会因为一杯沸水的倾倒而升高温度，这杯水却永远地消失了。

后来，我知道这种看世界的角度，被哲学家称为"银河"或"星云之眼"。从这个位置来看，我们和目所能及的所有生物都是微不足道，一切奋斗都显得荒凉和愚蠢，结局和发展都充满了不可言说的荒谬。一个人，和一只蚂蚁、一条蛆虫没有任何分别。从星云和银河的角度来看，人类轻渺如烟、无足挂齿。

这只眼振振有词，在逻辑上几乎是无懈可击的。你若真要遵循了这只眼的视角，会从根本上使生命枯萎凋落。

一些好高骛远的人，在遭受失败的时候，会拾起这只眼为自己开脱。因为所有的努力和不努力都混为一谈，他的失败也就顺理成章。一些胸无大志的人，在沉沦和荒靡的时刻，会躲在这只眼后面为自己寻找借口。因为一切都在虚无中，他的荒废光阴也就有了理论支点。一些游戏人生放弃光明的人，在黑暗中也眨巴着这只眼，似乎一切都是梦，清醒和昏迷并无分别。

你不要小看了这看似遥远而又神秘的星云之眼，如果你长期用这只眼注视世界，就会不由自主地灰心丧志。持久地沉浸其中，还有可能放弃生命。当我们从生活中抽离，成为袖手旁观的旁观者时，所有世俗的欢快和目标，就变得轻如鸿毛。

闭合星云之眼吧。因为那不是你的位置，那是神的位置。摒弃那高处不胜寒的孤寂，回到充满生机又复杂多变的人间吧。僭越是危险的，我们今生为人，是一种福气。珍惜我们明察秋毫的双眼，可以仰视星空，却不要让自己轻飘飘地飞起来，到达星云的高度。那里，据说很冷，很黑，很荒凉。

那些让我们感到有内涵、有勇气、有坚持力的人，我坚信他们是有理想的。人很怪，只有理想这种东西，才能够提供源源不断的动力。

珍惜我们明察秋毫的双眼，

可以仰视星空，

却不要让自己轻飘飘地飞起来，

到达星云的高度。

那里，

据说很冷，很黑，很荒凉。

机遇是心灵的阅兵

在各行各业取得成功的人们，在拥有才情之外，一定还拥有强大的心灵。成功比试的不仅仅是才能，更重要的是韧性。即使没有公认的成功，也要有品尝幸福的能力，这就更取决于心灵的健全，而不仅仅是才能的显赫了。

才能这个东西，比较有办法弥补。只要不是那些需要才思铺天盖地、喷如泉涌的事业，就可以用外力来加以补充。大家都知道"勤能补拙"的道理，都知道"笨鸟先飞"的故事，都记得"磨刀不误砍柴工"的诀窍，都会说"百分之一的才能，百分之九十九的汗水"之类的格言，这些都是补偿之法。

不过，世上的成功，除了才能之外，还有机遇。有人以为机遇是一种看不见摸不着的小概率事件，基本上和被闪电劈着差不多，这是误解。

机遇的降临，看起来好像取决于那个执掌机遇的人，领受者不过是被动地承接。其实不然。我们常常听到一个人不是为了名利而帮助别人，却不料那个被帮助的人将一个绝好的机会，赐予了帮助者。我们在羡慕该人轻而易举获得好运的时候，多半忘了他也许曾经这样帮助过很多人，绝大多数都无声无息地湮灭了，只有这一次金光灼灼。

有的人会不遗余力地学习各种知识。这些知识，分散开来，都是普通的学问和技能，无甚出奇。但是当它们密集地集中到一个人身上的时候，就显出了某种非同凡响的优势。

我认识一个小伙子，他学习了驾驶、学习了烹饪、学习了英语、学习了会计，最后，还学习了擒拿格斗。怎么样？分门别类地看，都很平凡吧？可你想一想，一个会计，还会武功，英语熟练，开车又稳当，还做得一手好饭……他找到一个给某成功人士当贴身秘书的好工作，是不是顺理成章的事？

机遇其实是对人的心理素质的一次大阅兵。

你能不能抱定了前进的目标，持之以恒，在看不到希望的时候，不气馁、不逃避，依然顽强地努力，乐观地积攒自己的力量和本领？

如果你真的能做到这些，机遇降临的概率就越来越大了。

在各行各业取得成功的人们，

在拥有才情之外，

一定还拥有强大的心灵。

成功比试的不仅仅是才能，

更重要的是韧性。

你是百分之三吗

如果有一天，你说，这份工作给予我高峰体验，让我得到了很大的乐趣，更不可思议的是，还让我得到了金钱。那么，恭喜你。你把自己的兴趣和对公众的服务结合到了一起。据说，能够做到这一点的人，只占整个人口的百分之三。

不要小看了工作。工作是让我们觉得生命有意义的重要组成部分。如果你只把工作当成赚钱的工具，那么，你就丧失了人生极大的乐趣。一份喜爱的工作，让我们具体有了使命感，给了我们身份，是我们应答社会召唤的方式。我们的潜能得以在一个公众的平台上发挥，我们回报了社会，我们的内心收获了满足。

每样工作都有快乐，同理，每样工作也都有苦恼。现在的问题是——这快乐是否相宜于你？快乐也是有质量高下、持续长久之分的。有的快乐，只是好奇，当你知晓了其中的秘密，快乐就转变成了厌倦。有的快乐，却如醇酒，时间越长，你越能感知到醉人的芳香。谈到苦恼，这可要认真琢磨一番。相比之下，苦恼比快乐更重要，因为这是你的底线。你是否可以接纳持之以恒的苦恼？你对苦恼的容忍程度到底怎样？你能容忍的时间是多久？你能为此做出多少改变呢？

　　人格对职业的影响力，远远不及兴趣。你要尽量拓展对某一行业的了解，它是什么？它做什么？它的行规是什么？这不是一项简单的功课，要知道，现在有超过两万种的职业在地球上开展。每一个行业都有行规，你如果不了解行规，贸然入行，很可能受不了。你不懂得游戏规则，游戏就会给人焦虑和压力。

　　行业里也有许多"潜规则"，你可曾知晓？我知道有一些"潜规则"是上不得台面的，但多少年来，它们一直在那个行业的激流之下存在着。如果你要接受这个行业，你就要了解它的全部：桌面上的和桌面下的。如果你有精神的需要，就要远离某种"潜规则"。你不可能一边控诉着，一边利用着，那你本人也成了潜在水面下的生物。

　　当你尝试着做一件充满了创造性的工作，应当更相信你无微不至的直觉，不必掺杂过多的理智。因为理智通常是通过已有的经验来做判断，但这一次，

过多的理智会充当刺客。

由于工作价值与生命意义的联系陷落和崩裂，现代的人们常常伸手不见五指地迷茫。工作占去了青葱岁月豆蔻年华，投入心血，殚精竭虑。当我们不再能从工作中找到快乐和意义的时候，负面的力量会来得如此之大，决然超过了你的预期。然而工作里越是找不到幸福感，我们越是要去寻找它。这就形成了最凶险的悖论。

听过这样一句名言："世界上最幸运的人，是找到一份作工，他不用工作。"这话语有一点点拗口，说白了，就是你能把工作变成玩耍的一部分。在你工作的时候，完全不觉得这是被迫的事情，而是发自内心的喜爱。

工作就是爱自己、爱社会，是混合着生活素质和成就感的一杯鸡尾酒。如果你仅仅把工作变成了养家糊口的营生，那就不但对不起自己，也对不起工作。

工作是可以换的，但事业不会。事业给生涯一个方向。事业是持续的，是和人生观、价值观挂在一起的。生涯更是一个宽广的概念。这就是工作和事业的不同。如果你能把工作和事业熔炼在一起，那就是天人合一了。

所有的工作，都有它的神圣性，都有喜欢它的人存在。要力争把你的工作变成你的兴趣所在，这是一种纯美的境界。你做这件事，这件事让你快乐，让别人感到有帮助，人家还付酬金给你，你说这是不是多方共赢、皆大欢喜呢？这样的事，从天上掉下来的时候固然是有的，但肯定概率极低。所以，你要用心去寻找，以求达到幸福的高峰——有点像结婚。

工作是可以换的，
但事业不会。
事业给生涯一个方向。

比树更长久的

　　人们对于生命比自己更长久的物件，通常报以恭敬和仰慕。对于活得比自己短暂的东西，则多轻视和俯视。前者比如星空，比如河海，比如久远的庙宇和沙埋的古物。后者比如朝露，比如秋霜，比如瞬息即逝的流萤和轻风。甚至是对于动物和植物，也是比较尊崇那些寿命高渺的巨松和老龟，而轻慢浮游的孑孓和不知寒冬的秋虫。在这种厚此薄彼的好恶中，折射着人间对时间的敬畏和对死亡的慑服。

　　妈妈说过，人是活不过一棵树的。所以我从小就决定种几棵树，当我死了以后，这些树还活着，替我晒太阳和给人阴凉，包括也养活几条虫子，让鸟在累的时候填饱肚子，然后歇脚和唱歌。我当少先队员的时候，种过白蜡和柳树。后来植树节的时候，又种过杨树和松树。当我在乡下有了几间小屋，有了一块属于自己的小园子之后，我种了玫瑰和玉兰，种了法桐和迎春。有一天，我在路上走，看到一节干枯的树桩，所有的枝都被锯掉了，树根仅剩一些凌乱的须，仿佛一只倒竖的鸡毛掸子。我问老乡，这是什么？老乡说，柴火。我说我知道它现在是柴火，想知道它以前是什么。老乡说，苹果树。我说，它能结苹果吗？老乡说，结过。我不禁愤然道，为什么要把开花结果的树伐掉？老乡说，修路。

公路横穿果园，苹果树只好让路。人们把细的枝条锯下填了灶坑，剩下这拖泥带土的根，连生火的价值都打了折扣，弃在一边。

我说，我要是把这树根拿回去栽起来，它会活吗？老乡说，不知道。树的心事，谁知道呢？我惊，说树也会想心事吗？老乡很肯定地说，会。如果它想活，它就会活。

我把鸡毛掸子种在了园子里。挖了一个很大的坑，浇了很多的水。先生说，根须已经折断了大部，根本就用不了这么大的坑，又不是要埋一个人。水也太多了，好像不是种树，是蓄洪。我说，坑就是它的家，水就是它的粮食。我希望它有一份好心情。

种下苹果树之后的两个月，我一直四处忙，没时间到乡下去。当我再一次推开园子的小门，看到苹果树的时候，惊艳绝倒。苹果树抽出几十枝长长短短的枝条，绿叶盈盈，在微风中如同千手观音一般舞着，曼妙多姿。

我绕着苹果树转了又转，骇然于生命的强韧。甚至不敢去抚摩它紫青色的树干，唯恐惊扰了这欣欣向荣的轮回。此刻的苹果树在我眼中，非但有了心情，简直是有了灵性。

人们对于生命比自己更长久的物件，

通常报以恭敬和仰慕。

对于活得比自己短暂的东西，

则多轻视和俯视。

前者比如星空，

比如河海，

比如久远的庙宇和沙埋的古物。

后者比如朝露，

比如秋霜，

比如瞬息即逝的流萤和轻风。

莺鸟与铁星

在南太平洋的岛屿中，飞翔着一种有着动听鸣叫的美丽小鸟，叫作莺鸟，它们长着形色各异的喙。岛屿上物产丰富的日子，莺鸟们靠吃多种草籽为生，活得优哉游哉。

但是，饥馑来了。干旱袭击了岛屿，整个大地好像是刚刚凝固的炽热火山，赤红的土地，看不到一丝绿色。

科学家找到一些从前研究过的莺鸟，它们的腿上拴着铁环。观测结果，发现莺鸟们的体重大减，挣扎在死亡线上。原因是食物奇缺，能吃的都吃光了，唯一剩下的是一种叫作蒺藜的草籽。它浑身是锋利的硬刺，锐不可当。在深深的内核里隐藏的种仁，好像美味的巧克力封死在铁匣中。

蒺藜还有一个名字叫作铁星，象征着难以攻克。拉丁文的意思是"挤压和疼痛"。

莺鸟用自己柔弱的喙，啄开一粒铁星，先要把它顶在地上，又咬又扭，然后顶住岩石，上喙发力，下喙挤压，直到精疲力竭才能把外壳拧掉，吃到活命的粮草。

岛上开始了残酷的生存之战。没有刀光剑影，唯一的声音就是嗑碎蒺藜的噼啪声。很多莺鸟饿死了，有些顽强地生存了下来。科学家想，生和死的区别在哪里呢？

经过详尽研究，喙长11毫米的莺鸟，就能够嗑开铁星，而喙长10.5毫米的莺鸟，就望"星"兴叹了，无论如何都叩不开生命森严的大门。

0.5毫米之差，就决定了莺鸟的生死存亡。在丰衣足食的时候，一切都被温柔地遮盖了，但月亮并不总是圆的，事物的规律跌宕起伏。

我猜想，那些饿死的莺鸟在最后时分，倘能思索，一定万分后悔自己为什么没能生就一枚长长的利喙！短喙的莺鸟，是天生的，它们遭到了大自然无情的淘汰。但人类的喙——我们思维的强度，历练的经验，广博的智慧，强健的体力，合作的风采，幽默的神韵……却是可以在日复一日的积累中，渐渐地磨炼增长，成为我们渡过困厄的支柱。

在丰衣足食的时候，

一切都被温柔地遮盖了，

但月亮并不总是圆的，

事物的规律跌宕起伏。

布雷迪的猴子

当心理医生的朋友给我讲过一个故事——布雷迪的猴子。

布雷迪不是一座山，也不是一片茂密的原始森林，而是一位科学家的名字。

那是一个晴朗的日子，两只猴子各自坐在它们的椅子上，像平常一样开始了生活。但宁静仅仅维持了片刻，20秒钟后，它们猛地同时遭到一次电击。这当然是不愉快的感受了，猴子们惊叫起来。

被仪器操纵的电源，毫不理睬猴子们的愤怒，均匀恒定地释放电流，每20秒钟准时击发一次。猴子们被紧紧地缚在约束椅上，藏没处藏，躲没处躲，只得逆来顺受。

但猴子不愧为灵长目动物，开始转动脑筋。很快，它们发现各自的椅子上都有一根压杆。

甲猴在电击即将来临的时候掀动压杆，电击就被神奇地取消了，它俩也就一同逃脱了一次痛苦的体验。

乙猴也照样掀动压杆。很可惜，它手边的这件货色是摆样子的，压与不压，对电击没有任何影响。也就是说，乙猴在频频到来的打击面前束手无策。

实验继续着。甲猴明白自己可以操纵命运，它紧张地估算着时间，在打击即将到来的前夕不失时机地掀动压杆，以避免灾难。当然，它有时成功，有时失败。成功的时候，它俩就有了短暂的休息；失败的时候，它们就一道忍受电流的折磨。

时间艰涩地流淌着，实验结果出来了。在同等频率、同等强度电流的打击下，那只不停掀动压杆、疲于奔命的甲猴，由于沉重的心理负担，得了胃溃疡。那只听天由命、无能为力的乙猴，安然无恙……

假若是你，愿做布雷迪实验里的哪一只猴子？朋友问。

我说，我是人，我不是猴子。

朋友说，这只是一个比方。其实，旋转的现代社会和这个实验有很多相同之处，频繁的刺激接踵而来，人们生活在目不暇接的紧张打击之中。大家拼命地在预防伤害，采取种种未雨绸缪的手段。殊不知，某些伤害正是在预防中发生，人为的干预常常弄巧成拙，适得其反……所以，人们有时需要无奈，需要阿 Q，需要随波逐流，需要无动于衷、听其自然……

我说，我对于这个心理学经典的实验没有发言权。如果布雷迪先生只是借此证明强大的心理压力可以致病，无疑是正确的。

停了一会儿，我对她说，你刚才问，假如是我，会在猴子中做怎样的选择？经过考虑，我可以回答你——我愿意做那只得了胃溃疡而仍在不断掀动压杆的猴子。

朋友惊讶地笑了，说为什么。她问过许多人，他们都愿做那只无助然而健康的猴子。

我说，那只无助的猴子健康吗？每隔 20 秒钟准时到来的电击，是无法逃脱的、不以个人意志为转移的恶性刺激，日复一日，终有一天会瓦解意志和身体，让它精神失常或者干脆得上癌症。

它暂时还没有生病，那是因为它的同伴不断地掀动压杆，为它挡去了许多次打击。在别人的护翼下生活，把自己的幸运建筑在他人的辛苦与危险中，我无法安心与习惯。

　　再说说那只无法逃避责任的甲猴，既然发现了可以取消一次电击的办法，它继续摸索下去，也许能寻找出更有效的法子，求得更长久的平安。压下去，拖延时间，也许那放电的机器会烧坏，通电的线路会折断，椅子会倒塌，地震会爆发……形形色色的意外都可能发生，只要坚持下去就有希望。

　　一百种可能性在远方闪光，避免一次电击，就积累了一次经验。也许实践会使它渐渐熟练起来，心情不再紧张、悲苦，把掀动压杆只当成简单的游戏……不管怎么说，行动比单纯地等待更有力量。一味地顺从与观望，办法绝不会从天上掉下来。

不管怎么说，

行动比单纯地等待更有力量。

一味地顺从与观望，

办法绝不会从天上掉下来。

魔术师的铁钉

　　有一位非常有名的魔术师，当记者问起他成功的秘诀时，他带着记者，来到他平日演出的宏大剧场门口。记者以为他会走进富丽堂皇的大门，没想到，他领着记者来到了马路对面的一个下水道口。

　　你躺在这里，假设自己是在冬天的夜晚饥寒交迫，试试你能看到些什么？魔术师很和气地说。

　　记者屈身躺在地上，他闻到了下水道发出的恶臭，他看到了香喷喷的饭店和华美的商场，还看到无数的人腿在向着剧场走动。另外，有一截突出的窗台就在头顶侧方悬着，如同丑陋的屋檐。他边看边报告着，魔术师说，很好，你看得很全面。只是，在窗台的水泥上，请你看得再仔细一点。你还可以有

所发现。

在魔术师的一再提示下，记者看到了窗台的下方，有一行模糊的字迹。他拼命睁大眼睛，才辨识出那是魔术师的名字。

魔术师说，很多年前，我是一个乡下来的孩子。冬天，我蜷着身子躺在这里。你知道下水道口尽管恶臭，但比较暖和，是从来不会结冰的。我看到了满天的星斗，知道明天更冷。我看到了食品和衣物，但我身无分文。我还看到了无数的人到对面的剧场去看演出。我萌生了一个梦想，有一天，我也要到这座辉煌的剧院里去，不是去看演出，是让别人看我的演出。这样想了之后，我就从地上捡起一根铁钉，用冻僵的手指，把自己的名字刻在水泥窗台上了……你问我为什么会成功，就这么简单。我用一根生锈的铁钉，把我的梦想刻在这里，每当我没有信心的时候，我就来到这里。当我离开的时候，勇气就重新灌满了胸膛。

分手的时候，记者对魔术师说，能否让我看看您那神奇的铁钉？魔术师说，可以。说完，他随手从地上捡起一根铁钉，说，喏，就是它了。铁钉并不重要，重要的是亲手刻下你的名字。

我用一根生锈的铁钉，
把我的梦想刻在这里，
每当我没有信心的时候，
我就来到这里。
当我离开的时候，
勇气就重新灌满了胸膛。

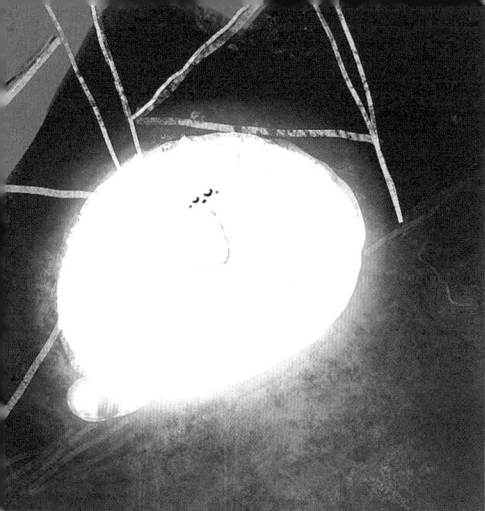

仇人的显微镜

　　人一生，会听到很多评价和意见，你不想听也不行。意见的来源，是个有趣的问题。

　　说到意见的来源，最简单的可以分成两大类。一大类来自爱你的人，因为希望你进步，希望你好，希望你幸福，所以他们会指出你的不足。通常我们对这类意见，要么是重视过度，要么是过度不重视。前者是因为亲人在我们眼中就是人间的上帝，句句是真理。后者也因为和凡间的上帝相处得太久了，反倒觉得老生常谈，把它当成了耳旁风。还有一大类意见，来自恨你的人。我说的这个"恨"，不是血海深仇，不是国恨家仇。在此文中，它统指对你印象不好的人、和你不对付的人、和你有过节且巴望着你倒霉的人。按时下年轻人的话讲，就是和你相克，也许是血型不符，也许是星座不合。那些和你暗中戗着碴儿的龌龊人，恕我简称为你的"仇人"。

对待仇人的意见，有一句很经典的话，叫作"走自己的路，让别人说去吧"。这虽是一剂良药，但缺点是起效较慢。很多人试验过这法，有时好几个月甚至好几年之后，才能渐渐在想起仇人们的冷语时心境淡然。还有一个前提——你已经找到了一条路，正在走着，方向感明确，有主心骨，步履轻快。说这话的时候底气才较充足。倘若正在彷徨和苦闷中，雨雾迷蒙，路还不知在何方，或者干脆在路边崴了脚或被野兽啃伤了，创口流着血，那这句经典就稍嫌隔靴搔痒，有点近似精神胜利法了。

面对仇人的攻伐，如何是好？

仇人的话，杀伤力之所以大，是因为那其中常常是有几分真实的。完全的谎话，其实倒并不可怕，因为除了极为弱智的人，一般都可识破。古语说"谣言止于智者"，现在资讯发达，人也吃了很多深海鱼油，智者可能比古时还要多些，所以对完全胡说八道的东西倒不必太过担心。如果仇人的话是完全的真实，我看是应该感激的，请你低下自己的头。这不是认输或领认了侮辱，而是真心实意地表达对真实的敬畏。只要他说得对，不必介意他的人品，只需看重他的意见。仇人的真知灼见，也许会让你因此得到终生受用的教诲，他在无意中就送了一个大礼给你，他就成了你的恩人。这就是很多人常常说，我最感激的是那些侮辱、攻击、放弃我的人，他们让我懂得了如何做人，才有了今天的成就云云……每逢我听到这种话，总觉得略微矫情了些。我不会感谢那些本来想侮辱我的人，他们不应该因为仇视和狭隘受到感激。仇恨和狭隘，常常是可以置人于死地的，你没有死，是因为你救了自己。你应该感谢的只有一个人，那就是你自己啊。

即使你从仇人喷涌而来的污泥浊水中，荡涤出了金沙，你也可以依然保持你的仇恨，如同保持你脊骨的硬度，但这并不妨碍你思忖他们的意见。因为只有仇人，才会深深研究你的要害。因为他恨你，所以他时刻盯着你，对你观察得格外细致，思索得格外刻毒。试想一下，如果我们用显微镜看事物，那普天之下就没有一处洁净的地方了，到处都是繁殖的细菌、蠕动的螨虫……

然而，依然有阳光。

你的仇人，就是瞄准你的显微镜。

你的仇人，
就是瞄准你的显微镜。

没有一棵小草自惭形秽

被人邀请去看一棵树，一棵古老的树。大约有五千年的历史，已被唐朝的地震弯折了腰，半匍匐着，依然不倒，享受着人们尊敬的注视。

我混在人群只能直着脖子虔诚地仰望着古树顶端稀疏的绿叶，一边想，人和树相比是多么渺小啊。人生出来，肯定是比一粒树种要大很多倍，但人没法长得如树般伟岸。在树小的时候，人是很容易就把树枝、树干折断，甚至把树连根拔起，树就结束了生命。就算是小树长成了大树，归宿也是被人伐了去，修成各种各样实用的物件。

长得好的树，花纹美丽木质出众，也像美女一样，红颜薄命，被人劫掠的可能性更大，于是很多珍贵的树种濒临灭绝。在这一点上，树是不如人的。

美女可以人造，树却不可以人造的。

树比人活得长久，只要假以天年，人是绝对活不过一棵树的。树并不以此傲人，爷爷种下的树，照样以硕硕果实报答那人的孙子或是其他人的后代。

通常情况下，树是绝对不伤人的。即使如前几天报上所载，一些村民在树下避雨，遭了雷击致死，那元凶也不是树，而是闪电，树也是受害者。人却是绝对伤树的，地球上森林数量的锐减就是明证，人成了树的天敌。

树比人坚忍。在人不能居住的地方，树却裸身生长着，不需要炉火或是空调的保护。树会帮助人的，在饥馑的时候，人可以扒树的皮来充饥。

很多书籍记载过这棵古树，若是在树群里评选名人的话，这棵古树一定是名列前茅。很多诗人、词人咏颂过这棵古树，如果树把那些词句当作叶子一般披挂起来，一定不堪重负。唐朝的地震不曾把它压倒，这些赞美会让它扑在地上。

树的寿命是如此长久，在我们死后很多年，这棵古树还会枝叶繁茂地生长着。一想到这一点，无边的嫉妒就转成深深的自卑。作为一个人活不了那么久远，伤感让我低下头来，于是我就看到了一棵小草，一棵长在古树之旁的小草。只有细长的两三片叶子，纤细得如同婴儿的睫毛。树叶缝隙的阳光打在草叶的几丝脉络上，再落到地上，阳光变得如绿纱一样飘浮了。

这样一株柔弱的小草，在这样一棵神圣的树底下，一定该俯首称臣、毕恭毕敬了吧？我竭力想从小草身上找出低眉顺眼的谦卑，最后却以失望告终。这棵不知名的小草，毫无疑问是非常渺小的。就寿命计算，假设一岁一枯荣，老树很可能见过小草五千辈以前的祖先。就体量计算，老树抵得过千百万小草集合而成的大军。就价值来说，人们千里万里路地赶了来，只为瞻仰老树，我敢肯定没有一个人是为了探望小草。

　　既然我作为一个人，都在古树面前自惭形秽了，小草你怎能不顶礼膜拜？我这样想着，就蹲下来看着小草。在这样一棵历史久远、声名卓著的古树旁边为邻，你岂不要羞愧死了？

　　小草昂然立着，我向它吐了一口气，它就被吹得蜷曲了身子，但我气息一尽，它就像弹簧般伸展了叶脉，快乐地抖动着，我向它吐了一口气，它还是在弯曲之后怡然挺立。我悲哀地发现，不停地吹下去，我有气绝倒地的一刻，小草却安然。草是卑微的，但卑微并非指向羞惭。在庄严大树身旁，一棵微不足道的小草都可以毫不自惭形秽地生活着，何况我们万物灵长的人类！

草是卑微的，

但卑微并非指向羞惭。

在庄严大树身旁，

一棵微不足道的小草

都可以毫不自惭形秽地生活着，

何况我们万物灵长的人类！

你不能要求没有风暴的海洋

痛苦和磨难是人生不可分割的一部分。只有接受这一事实，我们才能超越它，更加看清生命的意义。

你说你不要这些苦难，那么生命也就失去了框架。很多自杀的人，就是因为没有领会这种意义，一厢情愿地认为生命是应该只有甘甜没有挫败的。特别是在恋爱早期，那种汹涌的荷尔蒙带来的欢愉，让人把激情当成了常态。生命的常态，其实就是平稳和深邃，还有暗流。在最深刻的层面，我们不但与别人是分离的，而且与世界也是分离的，兀自踽踽前行。

生命的每一步都带着人们向死亡之境跌落，不要存在幻想，这才让你比较持久稳定，安然地居住在孤独中，胸中如有千沟万壑、千军万马。只有接受这一事实，我们才能超越死亡，腾起在空中，看清生命的意义。

有一次，到沙漠中间的一个城市去，临行之前和当地的朋友联络。她不停地说，毕老师，你可要做好准备啊，我们这里经常是黄沙蔽日。不过，这几天天气很不错，只是不知道它能不能坚持到你到来的那一天。

　　我有点纳闷。虽然人们常常说，"您的到来带来了好天气"，或者说，"天气也在欢迎您呢"，谁都知道，这是典型的客套。个体的人是多么渺小啊，我们哪里能影响到天气！

　　不过这位朋友反复地提到天气，还是让我产生了好奇。我说，不管好天气还是坏天气，我们都不能挑选。天气是你们那里的一部分，

就是黄沙蔽日，也是你们的特色啊。

说者无意，听者有心。后来，这位朋友对我说，她听了我的话，就放下心来。我很奇怪，因为自觉这番话里，并没有多少劝人安心的含义啊。她说，我们这里天气多变，经常有朋友一下飞机就抱怨，闹得主客都很尴尬。

我说，坏天气也是大自然的一部分，就像每个人的生命中都必定会下雨，某些日子势必黑暗又荒凉。就像你不可能总是吃细粮，那样你就会得大肠癌。你一定要吃粗纤维。坏天气、悲剧、死亡、生病，都是生命中的粗纤维，我们只有安然接纳。

你不可能要求一个没有风暴的海洋。那不是海，是泥潭。

痛苦和磨难
是人生不可分割的一部分。
只有接受这一事实，
我们才能超越它，
更加看清生命的意义。

一个人就是一支骑兵

　　我曾行进在漫天皆白的冰雪中，在一支骑兵的中段靠后部分，那时还不到17岁，在藏北边防线上。无比艰难的跋涉中，我往前看，是英勇攀缘的战友；向后看，也是英勇攀缘的战友。我明白自己是队列中的一员，只能做一件事，攀缘。那时的我很懦弱，高寒与缺氧像两把冰锥，揳入我的前胸后背。极端的苦乏，让我想到唯一解脱的方法就是自杀。我用仅存的气力做告别人世的准备，可是因为我在连绵不绝的队列中，队列的节奏感和完整性，让我找不到机会对自己下手，就这样拽着马尾翻过雪山，被迫保全了性命。

　　之后，我对军队生出一种敬畏和崇拜。

　　军队是有头有尾的，也有心脏。司令部就是军队的指挥中枢，而司令员就是至高无上的王。无论情况怎样危急，无论条件怎样恶劣，无论事态多么复杂，无论困难怎样重峦叠嶂，指挥机关总是镇定和胸有成竹的。它冷静而清醒，不出昏着儿，不忘乎所以。胜不骄、败不馁，紧张地运筹帷幄。我私下里曾想，司令员永远是不可战胜的吗？他可有孤单无能的时刻？一次，司令员病了，卫生科长派我去给他输液。司令员虚弱地躺在白色被子里，须发杂乱，同寻常庄户老汉并无太大的区别。他的萎靡让在一旁看护他的我，有了发问的勇气。

趁他神志稍清，我说，司令员，你可有胆小的时候？

他看着输液瓶里眼泪般溅落的药水说，有。

我说，什么时候？

他说，就是现在。我不知道我还要躺多久，才能站起来指挥我的队伍。

在那时的我看来，这个回答同没回答差不多。

一支军队是有政委、有政治部的，他看起来有些儒雅气，虽说也佩着枪，杀气却不浓重。但你不可小觑，他坚硬如铁又心细如发。他的勇气是深藏不露的，永远知道最初的方向和最后的目的地。知道我们何时软弱，他会给予激励；知道我们何时轻敌，他会给予警示；知道我们何时灰心丧气举步不前，他会给予鞭策……政委经验丰富，处事老到，表面上不动声色，内里洞若观火。说起来我对于政委的好感，还来源于一份血缘。我的父亲曾是一位师政委，这使得我近水楼台先得月地敢于探询政委的内心世界。

您是什么时候变得像一个政委的？我问父亲。

这句话有很大的语病，如果问别的政委，可能会被批评。好在他是我的父亲，原谅我的好奇和冒犯。

他说，嗯，政委是慢慢变成的。

我说，具体是什么时候呢？比如是您30多岁？40多岁？还是更老的时候？

他说，很难找到一个具体的时间，总之变化是逐渐发生的。你先要做自己的政委，然后才能做大家的政委。

这句话，我也不大懂。当时认为主要区别在于——当自己的政委不用任命，而成为一支军队的政委，是需要更高机构任命的。直到很久以后我才醒悟，一个当不好自己政委的人，不配给更多将士当政委。

说完了一支军队的司令员和政委，就要说后勤部长了。通常我们想起后

勤部长，总伴着食堂的烟火气。后勤部掌管的就是粮草之事，虽说有"兵马未动，粮草先行"的古话罩着，但比较起来，后勤部的重要性还是稍逊一筹。比如破釜沉舟，砸坏的都是属于后勤部的设备，可见对于打胜仗来说，后勤部是可以暂时割舍的。起码离开几小时或是一天，没有太大的风险。

我一回忆起当年阿里军分区的后勤部长就想笑，他有点邋里邋遢，帽檐总是挣不直，好像被特意发了一个伪劣品。我们是新兵，帽檐笔直。后来才明白，只有极老的兵，才敢藐视军纪。发夏装的时候，他说，这几个女娃娃怎么能在雪山上穿单衣呢？快给基地打报告，把她们的夏装换成冬装，才不会落下病。

那时候的藏北高原比现在要冷。在一个风和日丽的冬日，我随手拿了温度计到室外去测，得到的数据是零下38摄氏度。我有365天都没有脱下过棉裤的记录，膝关节还是如小虫噬咬。男兵的夏装和冬装式样相同，只是一个瘦些一个宽松些。男兵领夏装的时候故意放大一号，就可以把夏装罩在棉衣、棉裤外。女式军服夏装有掐腰和小翻领，想要把它套在棉袄、棉裤之外简直是痴心妄想。

那时年轻的我们，其实很想在严寒的风雪中，穿半开领的夏装窈窕过市，让众多的男性士兵侧目。至于久远的损害，我们完全顾及不到。后勤部长铁嘴断金，一句话毁了少女们扮俏的梦想。那时我们是愤愤的，便私下里骂他军阀作风。后勤部长似乎能掐会算，他说，你们现在骂我，将来会感激我，傻娃娃啊。女式夏装在严寒的高原，的确是没有用武之地的鸡肋。勉强穿戴，关节炎、气管炎一定会缠上我们。现在我已年逾花甲，还未曾骨折且没有大关节的红肿热痛，这和后勤部长的"军阀"作风密切相关。

以上是我对一支作战军队基本配置的了解。

也许你要说，哦，你忘了，还有武器。

是的，军队不能没有武器，骑兵不能没有马。但这对骁勇的军队来讲，并不是最重要的。

那时我有一支步枪，我练到闭着眼睛能在几分钟之内迅速拆解组装，也用它打出了优秀的成绩。我一直以为配给我这种小兵的枪，一定是无名鼠辈。直到我退役很多年之后，才知道它是大名鼎鼎的 AK-47 的一个版本。枪械是不断改进的，武器是不断发展的，然而如果没有人来操控，枪就是钢铁的生冷拼装，无人机也不过是求婚时的玩具。虽然由于级别的不同，枪和无人机的性能也会有天壤之别，但骨子里，它们是没有生命的。马是骑兵的伴侣，但马服从人。

一个人就是一支骑兵，你要有勇气。你能掌握什么技术，这并不是最关键的。普天下的本领千千万，归根结底，都是枪和无人机的远房亲戚。

你之所以成为你，是因为你有你的司令员和政委，你有你的后勤部长，你是你自己的小兵，又是你自己的统帅。

　　你要知道这支军队向何处去。你要在这支军队沮丧的时候给它打气。你要在这支军队迷路的时候，做它永不失灵的 GPS。你要在这支军队忘乎所以的时候，适时地给它兜头一盆冷水。你要在这支军队重伤的时候，给它输血，给它包扎。你要在这支军队畏葸不前的时候，擂响战鼓。你要在它恬然酣睡的时候吹起冲锋号。你要给它以休养生息的机会，你要让它安然和健康，你要知道什么对它是真正的好，并要不懈地坚持。你要知道什么是可能伤害它的陷阱，早早地发出警报远离可能的危险。你要冷静要镇定要充满激情又能适可而止，你要令行禁止、健步如飞，你要能帮它找到最相宜的伴侣……

　　想到虽是独自一人，但身后有一支军队。车辚辚，马萧萧，罡风浩荡，旌旗猎猎，号角长鸣，司、政、后一应俱全、指挥若定，真是令人豪情万丈的事情。

一个人就是一支骑兵，

你要有勇气。

222

你站在金字塔的第几层

美国心理学家马斯洛有一段名言："如果你有意地避重就轻，去做比你尽力所能做到的更小的事情，那么我警告你，在你今后的日子里，你将是很不幸的。因为你总是要逃避那些和你的能力相联系的各种机会和可能性。"每逢读到此，我总是心怀战栗地感动。

一个人就像是一粒种子，天生就有发芽的欲望。只要是一颗健康的种子，哪怕是在地卜埋藏十年，哪怕是到太空遨游过一圈，哪怕被冰雪封盖，哪怕经过了鸟禽消化液的浸泡，哪怕被风刀霜剑连续斩杀……只要那宝贵的胚芽还在，一到时机成熟，它就会在阳光下探出头来，绽开勃勃的生机。

现代心理学有很多精彩的论证，这些论证不能像实证的物理、化学，拿出若干铁一般的证据，心理学的很多假说建立在对人的行为的推断和研究之上，被千千万万的人所证实。

马斯洛先生所创建的人的基本需要的"金字塔"理论，就是这样一个伟大的学说。他研究了很多人的行为和动机，特别是那些自我实现程度很高的人，之后得出了一个结论。简言之，就是在我们人类的精神内核中存在着一个内在需要的金字塔，分成了五个台阶。

在第一个台阶上，是我们的温饱需要——最基本的生存之道。饥肠辘辘，你今晚吃什么饭？是人的第一考虑。寒冬腊月，你今夜睡在哪里？是火车站的长凳还是马路上的水泥管？这都是头等大事。

当这个需要满足之后，紧接着就是安全的需要了。你有了吃、有了住，你今天的生命有了保障，可是如果你被其他的人或动物或自然界的恶劣条件所侵犯，你远期的生命就陷在水深火热之中了。因此，一旦温饱不成问题，人马上就考虑安全系数。这一点，如果你不相信，尽可以放眼看去，马上能看到富人区森严的安保设施和世上风行的形形色色的自卫器械。当你从一个熟识的环境换到一个新环境，那种不安和紧张，与陌生人交谈时的畏葸和不自在，如此等等，都从另一方面证实了安全对人的重要性。

现在我们已经到了金字塔的第三台阶。在这个台阶上大大地写着"爱"。这不仅是男女之爱、亲子之爱、手足之爱……这些源于血缘和繁衍的爱意，

还有同伴之爱、集体之爱、祖国之爱、民族之爱、文化之爱……总之，这里所提到的"爱"，有着宽泛的含义，但它是那样不可或缺，是人类精神活动的高级需要。我们常常说，一个不懂得爱的人是灰暗和孤独的。也就是说，人的精神需要如果不能完成这种超越和提升，就是包含瑕疵的半成品。

爱之高处，就是尊严感了。人是一种特殊的动物，人是有尊严感的。一只虫子可以没有尊严，一株树木可以没有尊严，但是一个人不是这样。如果丧失了尊严感，那就不是一个完整的人了。中国的古话里有"不食嗟来之食"，有"士可杀不可辱"，有"君子一言，驷马难追"，等等，讲的都是尊严的问题。

在金字塔的最高点，屹立着自我价值的体现和追求。什么是自我价值的最高体现——那就是充满了创造性的劳动。我以为劳动是有高下之分的，不是指在价值层面上，而是指在带给人的由衷喜悦程度上。你可以想象并同意，一个科学家在得不到任何报酬的情形下，不倦地研究某一个与现实相隔十万八千里的学术问题，比如"哥德巴赫猜想"，为自己换不到一块窝窝头，但毫无疑问陈景润乐在其中；你基本上不能同意一位老农在得知三年没有人收购麦子的情况下，除了自己够吃之外还会不辞劳苦地广撒麦种。在前者，创造性的劳动里面蕴含着极大的挑战和快乐；在后者，则充斥着重复性劳动的艰辛和疲惫。

人类精神需要的金字塔，在某种意义上来讲，是一种铁律，几乎是不可逃避的。当然，我们不能想象一个人在自己的温饱都得不到保障的时候，能够像斯蒂芬·霍金那样去研究宇宙大爆炸这样的问题。这也就是鲁迅先生所说的：年轻人，一是要生存，二是要发展。有一个顺序，有孰先孰后的问题。在解决了温饱和安全这些最基本的生存需要之后，你必定要不满足，你必定要有新的追求。人类精神发育的法则，你是绕不过去的。你吃得饱了，你睡得暖了，你有大房子了，你安居乐业了，你很有安全的保障了……可是，我敢说，在心底最深邃的地方，你有火焰一样的躁动，你如果无法满足它，你就没有恒久的快乐。

让我们回到本文开端所引用的马斯洛的那段话。你以为你逃避了风险，你以为你躲避了责任，你以为你成功地掩饰了自己的才华，你以为你心甘情愿地收敛包裹自己，你就可以在人们的艳羡之中安安稳稳地过一生了吗？我相信，你可以用奢华的装备和风流倜傥的举止成功地欺骗几乎所有的人，包括和你至亲至爱之人，但是，每每月朗星稀之时，你永远欺骗不了的一个人，就会在你独处的时候顽强地站在你的面前，拷问你、鞭挞你、谴责你、纠正你……这个人不是别人，正是你自己！由于每一个人都是那样与众不同，由于你所具有的内在生命力一直在熊熊燃烧，所以，当你完成了自己人生的台阶之后，你就要向上攀登。你只有在这种不倦的探索中才能丰富自己的人生，才能得到生命的欢愉，才能感觉到自己内在的充实和价值。

人是追求创造性快乐的动物，如同飞越大洋的候鸟脑内的罗盘，掌控着我们的一系列选择和决定。你一生将成为怎样的人？在你的价值体系里是怎样的顺序？这些看起来很浩大、很空茫的标准，实际上很细致地决定着我们工作、学习、生活的各个层面。

记得我在北大讲演的时候，有同学递上来一张字条，上面写着："我智商很高，从小到大一直是班干部，考上北大更证明了我的实力。只要我愿意，继续读硕士和博士都不成问题。你说，我选择金钱作为我一生奋斗的目标，你看怎样？"我把这张字条念了。我说，我很感谢这位同学对我的信任，人生的价值是多元的，以金钱为自己终生的奋斗目标，也大有人在。但我以为，金钱只是手段，在它之后，还有更为深远的目标在导引着你。如果你唯钱是图，那么，你的周围将没有真正的朋友。因为古往今来，已经无数次地证明了，在金钱的旗帜下会聚拢来很多无耻小人。同时，你很可能得不到真正的爱情。因为爱情可以被金钱出卖，却不可被金钱所购买。那个爱上你的人，有可能不是爱你本人，而是爱上了你的信用卡。如果你把金钱当成了证明你的自我价值的工具，我要说，除了单一和狭隘，还有一种盲从，你用世俗的标准代替了内在的准星。

我翻阅了几期《华融之声》，看到华融人的志气和理想。谈到从工商银行调到华融来的理由，最主要的是期望自己的能力得到更好的发展。我觉得这是很好的理由，是内心和外在的统一，是朝着自我实现路上的迈进。当然了，自我实现的路，绝不会是一帆风顺的。我们常常会遭遇到挫折和失败，但人生的价值并不在于永远是胜利和成功，而在于这个过程当中我们得到了独一无二的属于自己的体验。在生存之道解决之后，在工作中得到乐趣，就是一个极好的选择。要知道，我们每个人，一生用于工作的时间大于七万小时。

可不要小瞧了这七万多小时，如果你是在快乐和创造中，你是在寻找自我价值的挑战中，你的人生就会过得很充实。如果你只是为了更多的钱、更宽敞的房子、更多的应酬和名声上的虚荣，你将在七万多小时甚至更多的时间里委屈着自己，扼杀着自己，毁灭着自己的自由。

　　我在美国印第安人的保留地遇到一位印第安族的心理学家。她说，在我们古老的印第安人那里，有一个风俗，即使自己的温饱没有解决，我们也会用自己的食物拯救他人。因为，对我们来说，帮助别人是精神的传统。我并不是要挑战马斯洛，我只是说，精神有时比肉体更重要。

　　这是那位印第安族心理学家最后留给我的话。

如果你有意地避重就轻，

去做比你尽力所能做到的更小的事情，

那么我警告你，

在你今后的日子里，

你将是很不幸的。

因为你总是要逃避

那些和你的能力相联系的

各种机会和可能性。

你的身体里必有一颗成功的种子

你一定要相信，在你的身体里，有一颗种子，焦灼地盼望着阳光。至于它到底是一颗什么种子，在没有发芽之前，谁也不知道。

你的责任就是给它浇水，保护它不被鸟雀啄食，不因为干渴而失去生机。不会被人偷走，也不会在你饥肠辘辘的时刻，被你把它炒熟了充饥。如果那样做了，你虽可一时果腹，却丧失了长久发展的原动力。

那颗种子可能藏在你的耳朵里，你就有灵敏的听觉。可能藏在你的手指甲里，你就有非凡的触觉。也可能在你的眸子里，也可能在你的肌肉中。当然了，更可能在你的大脑中、心脏里、双手中……

每个人在属于个人的成长经历中，早已获得了解决问题的丰富宝藏。请信任我们的潜意识，它必定能在正确的时机产生恰当的回应。告诉你一句悄悄话——有时候，信息也将以非语言的方式揭露真相。

找找吧。一定找得到！

身体里绝对有不少于一百种的功能，能保证你在浑然不觉中完成种种复杂的运作。但你不要以为功能们会一直老老实实地待在那里，它们是勤勤恳恳的，却不是任劳任怨的。

如果你一直视它们的存在为理所当然，从来不照料它们，不维护和激励它们，或是过度使用，或置若罔闻，那么，它们不是反抗就是消极怠工，也许集体突围，无声无息地溜走了，让你误以为它们从来不曾居住在你的身体里。要知道，一辈子无意识地随波逐流，会导致你各种功能的退化。

成功并不像想象的那样难。因为我们不敢做，它才变得难起来。

你一定要相信，

在你的身体里，

有一颗种子，

焦灼地盼望着阳光。

至于它到底是一颗什么种子，

在没有发芽之前，

谁也不知道。

图书在版编目（ＣＩＰ）数据

生命因梦想而沸腾 / 毕淑敏著 . —北京 : 北京联
合出版公司 , 2017.12 （2018.4 重印）
ISBN 978-7-5596-1261-8

Ⅰ . ①生… Ⅱ . ①毕… Ⅲ . ①散文集 – 中国 – 当代
Ⅳ . ① I267

中国版本图书馆 CIP 数据核字 (2017) 第 281815 号

生命因梦想而沸腾

作　　者: 毕淑敏
责任编辑: 杨　青　高霁月
内文设计: 沐希设计

北京联合出版公司出版
（北京市西城区德外大街 83 号楼 9 层 100088）
北京盛通印刷股份有限公司印刷 新华书店经销
字数: 166 千字　700mm×980mm　1/32　印张: 7.5
2018 年 1 月第 1 版 2018 年 4 月第 2 次印刷
ISBN 978-7-5596-1261-8
定价: 46.00 元

关注"磨铁图书",

输入关键词"生命因梦想而沸腾"

赠送 10 篇毕淑敏经典文字朗读音频

经典的文字，用朗读的方式，伴你成长

关注"磨铁图书",

输入关键词"生命因梦想而沸腾"

赠送 10 篇毕淑敏经典文字朗读音频

经典的文字,用朗读的方式,伴你成长